SA PRINCESSE VIERGE

PROGRAMME DES ÉPOUSES INTERSTELLAIRES: LES VIERGES - 5

GRACE GOODWIN

BULLETIN FRANÇAISE

REJOIGNEZ MA LISTE DE CONTACTS POUR ÊTRE DANS LES
PREMIERS A CONNAÎTRE LES NOUVELLES SORTIES, OBTENIR
DES TARIFS PREFERENTIELS ET DES EXTRAITS

http://gracegoodwin.com/bulletin-francais/

LE TEST DES MARIÉES
PROGRAMME DES ÉPOUSES INTERSTELLAIRES

VOTRE compagnon n'est pas loin. Faites le test aujourd'hui et découvrez votre partenaire idéal. Êtes-vous prête pour un (ou deux) compagnons extraterrestres sexy ?

PARTICIPEZ DÈS MAINTENANT !

programmedesepousesinterstellaires.com

1

anielle Gunderson Planète Everis, Périphérie de Feris 5

LE FROID me glaçait jusqu'aux os, montant de la terre dure sur
laquelle je m'étais allongée. Les couvertures thermiques argent
et noir m'empêchaient de mourir d'hypothermie. La nourriture
que j'étais parvenue à voler avant de quitter la Pierre Angulaire
commençait à manquer. Moi ? Je pouvais survivre avec très peu.
S'il le fallait, je pourrais poser des pièges et survivre dans la
nature. Je l'avais déjà fait. Mais j'ignorais dans quelle condition
serait mon compagnon. Il me bloquait, refusait de me laisser
pénétrer ses rêves, m'ordonnait de rester à l'écart.

— T'as qu'à croire, soufflai-je.

Je n'osais pas enlever mes bottes, alors je me contentai de
les fourrer au fond de mon sac de couchage. Si je les enlevais,
je n'arriverais jamais à les remettre, après toute la marche que
j'avais faite. Ma cheville blessée était tellement gonflée que je
sentais mes orteils devenir bleus. Je surélevai mon pied à l'aide
d'une grosse pierre et je poussai un soupir.

GRACE GOODWIN

— Je te trouverai, Gage, et quand je le ferai, tu auras des comptes à me rendre.

Oui, je parlais toute seule, ce que je faisais souvent dans les bois. Mais si mon compagnon avait appris quoi que ce soit à mon propos, il devrait comprendre que je n'étais pas une princesse qui se satisfaisait de se parer de soieries et de parfum et de rester sur la Pierre Angulaire tandis que Chasseur après Chasseur tentait de la séduire. Même mes amies, Lexie et Katie, me sous-estimaient. D'accord, j'étais plutôt petite. Un mètre cinquante-cinq avec mes chaussures. Non, je ne pesais pas grand-chose. Mais être petite ne voulait pas dire être faible, ou être bonne à rien. C'était mon père qui me l'avait appris. Il ne faisait qu'un mètre soixante-quinze, mais il avait été commando de marine. Lorsqu'il avait pris sa retraite, il m'avait appris à aimer la nature autant que lui. Nous avions passé des heures à explorer les zones humides de la Floride, et nos étés à nous promener dans les montagnes du Montana. Jusqu'à ce qu'il meure, et que mes montagnes bien-aimées se retournent contre moi.

Mais tout ça, c'était dans une autre vie. Une autre planète. Une vie que j'avais laissée derrière moi, quitte à traverser tout l'univers pour ce faire. Et il était hors de question que je laisse un Chasseur éverien borné me priver de mon avenir heureux. Bon, j'avais peut-être une part de princesse en moi, en fin de compte.

J'étais capable de traquer presque n'importe quoi. Une compétence héritée de mon père. Mais depuis que j'étais arrivée sur Everis, j'avais également découvert que c'était une caractéristique éverienne, que la traque était inhérente à cette planète. Je portais leur marque sur ma main, comme mon père. D'après la Gardienne Égara, du Centre de Test des Épouses Interstellaires, la marque prouvait que nous descendions d'extraterrestres, d'Everiens, pour être exacte. J'avais de l'ADN éverien dans le sang. Dans l'âme, plutôt. Comprendre pourquoi je n'avais jamais réussi à tenir en place en classe, pourquoi j'avais lâché la fac pour retrouver le grand air, avait été un soulagement. Mes amies terriennes n'avaient jamais compris mon besoin de grands espaces. Il avait toujours été en moi. Me poussant à partir. À découvrir. À chasser. Quelque chose. N'importe quoi.

Venir ici avait été comme réaliser un rêve, comme rentrer chez moi.

Jusqu'à ce que mon compagnon décide de ne pas se présenter sur la Pierre Angulaire pour me revendiquer. Il enflammait la marque sur ma main – et mon corps –, mais ne se montrait pas. Gros con. Puis j'avais découvert qu'il avait été capturé, kidnappé, ou quelque chose comme ça, et il m'avait dit de ne pas m'en mêler, de ne pas me mettre en danger, de trouver quelqu'un d'autre. Comme si je voulais qu'un autre homme me touche alors que je saurais qu'il n'était pas « le Bon ». Je m'étais réservée pour quelqu'un d'exceptionnel, j'avais voulu que ma première fois représente plus qu'un coup vite fait dans le pick-up d'un type sympa, et mon compagnon comptait me voler tout cela.

Non. J'étais capable de traquer un puma par monts et par vaux. De pister un alligator à travers un marécage. Je pouvais bien trouver mon emmerdeur de compagnon. Et j'approchais du but. Il ne pourrait plus me garder hors de son esprit, à présent. Pendant deux jours, j'avais marché dans sa direction générale, en suivant quelque chose que je ne pouvais pas expliquer, même à moi-même. Ce n'était pas quelque chose de visible, de tangible. Il n'y avait pas de miettes de pain à suivre.

C'était de l'instinct. La part la plus profonde de moi exigeait que je mette un pied devant l'autre dans cette direction. Je me demandais si c'était ce que ressentaient les pigeons, à voler dans une direction sans savoir pourquoi. Sans savoir si quelqu'un les accueillerait à la fin de leur long et pénible voyage.

J'essuyai les larmes qui coulaient sur ma joue droite et me

roulai en boule sur le sol. Je tournai le dos aux rochers, protégée du vent, et la couverture thermique me tiendrait assez au chaud pour que je dorme. Si la douleur lancinante dans ma cheville me le permettait, en tout cas. C'était l'aube et j'avais marché toute la nuit. À présent, il fallait que je récupère pendant quelques heures, que je repose ma vieille blessure, que ma cheville dégonfle.

Je regardai l'étrange ciel éverien, dans lequel deux lunes brillaient bas à l'horizon. La petite était argentée et s'appelait Incar. C'était la prison la plus célèbre de la galaxie, d'après ce qu'on m'avait dit. La plus grande, vert pâle, s'appelait Seladon et devait sa couleur à la vie qui se trouvait à sa surface. Elle servait de germe à Everis et à sa planète jumelle dans ce système, Everis 8. Je me trouvais actuellement sur Everis 7, la planète mère, techniquement. Les Everiens appelaient l'autre planète Huit et l'avaient colonisée des siècles plus tôt. J'avais lu que plus d'un milliard de personnes vivaient désormais sur Huit et je me demandai si les humains coloniseraient un jour Mars. Je tentai d'imaginer autant de gens sur la planète rouge, à regarder la Terre sans jamais avoir visité leur monde d'origine.

Cette idée me rendit triste. Mais cela m'arrivait souvent, ces derniers temps. J'étais frustrée. En colère.

Attendre que Gage me rejoigne m'avait laissé beaucoup de temps libre pour lire, mais allongée là alors que les dernières étoiles disparaissaient, j'étais contente. Ce ciel me donnait l'impression que cet endroit était moins inconnu, plus familier. Et j'espérais que quand je trouverais mon compagnon, je ne penserais plus que m'inscrire au Programme des Épouses Interstellaires avait été la plus grosse erreur de ma vie.

J'étais près du but. J'arrivais à le sentir, à présent, même quand j'étais éveillée. Son énergie appelait quelque chose de primitif chez moi, et je savais que je préférerais encore mourir plutôt que de renoncer. Cela ne suivait aucune logique, alors j'avais renoncé à rationaliser ce que je faisais là, à des kilomètres et des kilomètres de la ville la plus proche, seule, glacée, à passer entre les montagnes et les grottes à la recherche d'un homme qui n'existait peut-être même pas.

— Tais-toi, Dani.

Je tirai sur mes couvertures et m'en recouvris la tête, fermant les yeux alors que l'obscurité m'enveloppait.

— Tais-toi et trouve-le.

Il y avait une différence entre le traquer et partager ses rêves. Je pouvais percevoir sa localisation et me sentir aimantée par elle, mais ça avait été la seule chose à laquelle j'avais pu me raccrocher. Cette aimantation. Jusqu'à ce moment, où je me retrouvais de nouveau assez près pour partager des rêves avec lui. Il était mien, que ça lui plaise ou non, ce qui voulait dire qu'il était obligé de me laisser entrer dans sa tête. Il n'avait pas le choix.

J'en avais assez de jouer les petites filles sages. J'ignorais qui il était ou quel était son rôle dans ce monde. Criminel ou saint. Moche et balafré, ou beau comme un dieu. Et cela ne m'importait pas. Il était mien.

Je fermai les yeux et poussai mon corps à se mettre en veille, mon esprit à trouver le sien...

———

Gage... En Plein Rêve

Elle envahit mon esprit comme une experte, floutant d'abord les contours de ma douleur avec des promesses chaleureuses et sensuelles, avant de m'arracher à la réalité pour m'emmener dans un monde que je n'aurais jamais pu imaginer tout seul.

— Danielle, murmurai-je, debout et entier derrière elle.

Elle portait une drôle de tenue, un pantalon marron foncé et une veste vert forêt. Ses bottes étaient faites pour des treks en montagne, mais ses cheveux dorés étaient lâchés, le soleil jaunâtre de son monde transformant ses mèches en un halo éthéré. Elle se tourna vers moi et me tendit la main, ses yeux bleus chaleureux et hypnotiques.

— Gage. Viens. Regarde comme ma maison est jolie.

Je tendis les bras. Nos mains se touchèrent, et elle me tira pour que je me place à côté d'elle, face à un paysage de montagne, une rivière d'un bleu éclatant déchaînée en contre-bas. Le Chasseur en moi fit entrer l'odeur fraîche de la forêt et le parfum féminin de Dani comme si j'étais un homme affamé. Ce qui était le cas.

— Tu ne devrais pas être ici, Dani.

— Où est-on ?

Son sourire était coquin, séduisant, et tout ce que j'avais espéré qu'il soit. Ma compagne était parfaite. Pleine d'impertinence, de vie et de fougue. Tout ce que les femmes de la capitale n'étaient pas.

— Dans ma tête, compagne. Proches l'un de l'autre. C'est trop dangereux. Quelqu'un veut ma mort, et je ne veux pas te faire prendre de risques.

Je m'approchai d'elle et posai le pouce sur sa lèvre inférieure pour en caresser la douceur. Je savais que ce n'était pas réel. Je m'en fichais.

— Partager nos rêves, c'est la seule chose que l'on pourra avoir, ajoutai-je.

— Je ne suis pas d'accord, mais ce n'est pas le moment d'argumenter. C'est le moment de faire ce que je veux.

Son regard passa mon corps au peigne fin. De haut en bas. Plus bas. Dans ce rêve, j'avais retrouvé ma santé, mon corps était puissant. Excité.

— Et tu ne devrais pas être habillé.

À l'instant où ces mots quittèrent ses lèvres roses et

pulpeuses, je me retrouvai nu, et je réalisai mon erreur. Ce n'était pas elle qui était dans ma tête, c'était moi qui étais dans la sienne, et j'étais trop faible pour refuser ce qu'elle me proposait. Un répit. Après deux jours de torture et de douleur dans cette grotte sombre, je n'étais pas prêt à y retourner. Seule la mort m'y attendait. Et ce que je voulais en cet instant, c'était Dani. Ma Compagne Marquée.

Ses lèvres tracèrent un chemin brûlant de ma poitrine à mon abdomen. Plus bas, jusqu'à ce qu'elle passe les mains autour de mon érection et me sourit. Je remarquai un oreiller moelleux et blanc sous ses genoux, et elle me regarda.

— C'est mon rêve, beau gosse.

— Je ne pense pas, dis-je en lui caressant la joue du bout des doigts. C'est clairement mon rêve, pas le tien.

— Alors, dis-moi ce que tu désires, Gage.

Pas Seigneur Gage, ou Seigneur des Sept, ou même Seigneur tout cours. Seulement mon nom.

— Je veux ce qui m'appartient.

Elle se lécha les lèvres et plaça le pouce au bout de mon sexe alors que de l'autre main, elle caressait mes bourses sensibles.

— Et qu'est-ce que c'est ?

Je poussai un soupir face à cette sensation délicieuse.

— Ta bouche, Dani. La première des trois virginités sacrées à devoir être revendiquée par ton compagnon.

— Et c'est ce que tu es, Gage ? me demanda-t-elle en me regardant à travers ses cils pâles, l'air hautain, alors que sa position face à mon membre affamé me faisait penser à une tentatrice. Es-tu mon compagnon ? Es-tu vraiment mien ?

Je l'avais repoussée si longtemps, pour la protéger, mais elle m'avait désobéi. Elle était venue me chercher quand même, malgré mes avertissements et mes refus. Elle devait être proche, assez proche pour pénétrer à nouveau dans ma tête. Je n'avais d'autre choix que de trouver un moyen de survivre, de la trouver. C'était peut-être parce qu'elle me tenait par les bourses, ou à cause de la brûlure de ma marque, mais je ne pouvais plus lui dire non.

— Oui. Je suis tien, Dani. Et tu es mienne.

— Il était temps, gros con.

Avant que je puisse lui reprocher son impolitesse, sa bouche se retrouva autour de mon membre, à me sucer pour me faire entrer dans un paradis chaud et mouillé. Je gémis, la douce succion de ses lèvres m'aspirant en elle. Elle me caressait avec sa langue, m'avalant comme si j'étais sa friandise préférée. Cette vision était addictive. Puissante. Elle me rendait humble.

Comment pouvais-je aimer une femme que je n'avais jamais rencontrée ? Que je n'avais jamais touchée ? Jamais pris dans mes bras ?

C'était le pouvoir des Compagnons Marqués, du lien que nous partagions. C'était mon cadeau de la part des dieux, et j'avais désespérément envie d'elle. Mon sexe, mais surtout, mon cœur, avaient envie d'elle.

Mon orgasme monta très vite, me traversant comme un éclair sans prévenir. Je ne luttai pas, car c'était à présent mon tour de me repaître de la chatte délicieuse de ma compagne. Même en rêve, je pourrais la dominer. La déshabiller et lui faire crier mon nom. Seulement mon nom.

La soulever dans mes bras fut aisé, tant elle était menue. Tellement plus petite que moi. Il fallait que je me souvienne que la tentatrice qui s'était mise à genoux devant moi était fragile. Je la plaquai contre un tronc d'arbre et l'embrassai comme l'homme en pleine noyade que j'étais, lui enlevant ses vêtements alors qu'elle m'aidait à la mettre à nu dans ce monde sauvage qu'elle avait un jour eu pour foyer. Son amour pour la montagne résonnait dans son esprit, les oiseaux qui chantaient, l'eau qui glougloutait, et les hurlements d'une meute de bêtes sauvages me poussèrent à marquer une pause et à tendre l'oreille. Leur chant était beau et fascinant, tout comme ma compagne.

— Des loups, dit-elle. Ça s'appelle des loups.

— Est-ce qu'ils sont beaux ?

— Très.

Je la regardai dans les yeux, la pressai contre moi, toute nue.

— J'ai envie de voir cet endroit. Et tes loups.

— Alors tu les verras.

La conviction dans ses yeux me serra le cœur, et je posai mes lèvres sur les siennes pour la conquérir de nouveau. Pour la goûter. Mienne. Elle était mienne.

— Tu es mienne, Dani. Ta petite chatte est à moi, rien qu'à moi. Je la revendique. Tout de suite. Est-ce que tu te donnes à moi ?

Elle hocha la tête, et ses longs cheveux lui glissèrent sur les épaules.

— Oui.

Je la posai par terre, surpris de trouver une épaisse couverture étalée sous nos pieds. Le tissu était rayé, doux et chaud au toucher malgré l'air frais.

— Qu'est-ce que c'est ? demandai-je.

— De la flanelle garnie de plumes. Elle vient de mon lit. C'est mon rêve, tu te rappelles ?

Je l'allongeai sur la couverture bleu et rouge.

— C'est là que tu te trouves en ce moment, compagne ? Dans ton lit ?

Son regard se fit sombre et grave.

— Tu sais bien que non.

— Alors où es-tu ?

J'aurais dû m'abstenir de poser la question. Je savais que la réponse me rendrait furieux, me donnerait l'impression d'être impuissant. Si nous partagions un rêve, cela signifiait qu'elle ne se trouvait pas sur la Pierre Angulaire. Elle était proche.

— Je suis en sécurité. C'est tout ce que tu as besoin de savoir.

Ses mots me rassurèrent, et mon regard revint se poser sur ses formes, sur sa silhouette fine et sa poitrine menue. Elle n'était pas voluptueuse, mais mince. Forte. Superbe. L'odeur de son centre mouillé s'élevait depuis son corps, me faisant saliver. Je lui passai une main sur les seins. Sur la taille. Les hanches. Plus bas.

— Gage.

Elle se cambra sur le sol alors que je posais ma bouche sur son clitoris, que j'aspirais son essence afin de ne jamais oublier sa saveur. Son odeur. Je glissai précautionneusement un doigt dans son vagin serré et poussai un gémissement alors que son corps se contractait dessus comme un poing.

— Mienne, soufflai-je contre sa chair sensible.

— Oui.

Je lui écartai les petites lèvres et savourai cette vision, la goûtant et la suçant, caressant son clitoris sensible avec ma langue alors que j'allais et venais avec mon doigt dans sa chaleur mouillée, frottant contre les parois internes de son sexe tout en la poussant de plus en plus vers le précipice.

Elle enfouit les doigts dans mes cheveux et poussa un cri qui résonna dans le canyon sous nos pieds alors qu'elle jouissait, son vagin resserré sur mon doigt comme pour le traire, en manque de mon érection.

J'étais dur, même si je venais de lui jouir dans la gorge. J'étais excité, mon membre si lourd que j'avais l'impression d'y avoir suspendu des poids. J'avais envie d'elle. Besoin d'elle.

Ses cheveux étaient étalés autour de sa tête comme un halo. Ses lèvres étaient pleines et rougies par mes baisers. Sa peau pâle était rose, ses yeux brillaient de passion, de désir et d'un plaisir sans bornes. Elle ressemblait à une déesse. Ma déesse.

— J'ai envie de toi, Dani. Envie d'être en toi. De te baiser. De te faire mienne.

Avec un sourire, elle écarta les jambes, exposant son sexe rose et mouillé. Elle avait beau être vierge, elle était d'un naturel passionné et ne s'en cachait pas.

— Oui, dit-elle en s'appuyant sur ses pieds pour lever les hanches dans une invitation impatiente.

Mais elle poussa un cri de douleur et se tint la cheville.

— Eh merde.

Je la pris dans mes bras et la berçai, en inspectant chaque centimètre de son corps.

— Tu es blessée ? C'est moi qui t'ai fait mal ?

— Non. C'est seulement une vieille blessure... Merde. Ce n'était pas censé arriver. Je suis en train de me réveiller. Je suis désolée. C'est trop douloureux.

— Quoi ? Dani ?

La montagne s'évanouit. Dani disparut, et je me réveillai, enchaîné. En sang. Mourant. Glacé. Laissé pour mort dans une grotte de montagne si lointaine que personne n'arriverait à me retrouver à temps. Mon sexe était dur comme du bois, mais mon cœur était brisé, le goût imaginaire de Dani s'attardant sur ma langue.

2

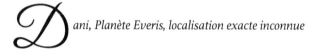

D ani, Planète Everis, localisation exacte inconnue

IL ÉTAIT LÀ. Après des heures de marches suivant mon réveil, après mon corps en manque suite à notre rêve passionné, je l'avais enfin trouvé. J'avais suivi mon instinct de descendante de Chasseur, mon cœur de Compagne Marquée à la recherche de sa moitié d'âme. Mon cœur battait la chamade dans ma poitrine. Je vis la chaîne rouillée fixée au mur, qui serpentait sur le sol et sous son corps. À des années-lumière de la Terre, j'avais trouvé l'homme qui me correspondait parfaitement. La Gardienne Égara et le Test l'avaient su. Je le savais. J'étais en sueur à cause de mon trek, mais dans la grotte, je frissonnais.

Ce trou à rat. Dans lequel on l'avait laissé souffrir. Mourir.

Personne ne l'aurait trouvé. Jamais. Seulement moi, seulement sa Compagne Marquée, à cause de notre lien. La marque sur ma paume se mit à brûler, et je poussai un sifflement. Un gémissement s'éleva de sa silhouette blessée, et je sus qu'il ressentait la même chose. Qu'il ressentait ma présence.

Je parcourus la distance qui nous séparait, et j'ouvris l'énorme verrou de la cage en métal rouillé qui le maintenait prisonnier. Je jetai le lourd morceau de métal le plus loin possible et ouvris la porte, avant de me laisser tomber à genoux devant lui. Ma cheville protesta, mais je n'y prêtai pas attention. Je survivrais, mais Gage ? Je ne connaissais pas la gravité de ses blessures.

Il était assis sur le sol dur, adossé à la pierre nue derrière lui. Des chaînes pendaient au-dessus de sa tête en dehors de la cage, hors de portée, les liens de métal sombre accrochés aux menottes qu'il avait aux poignets. Il dormait, ou il était inconscient. Je l'ignorais. Son corps et ses bras étaient tous mous, ses mains posées sur ses genoux. Son visage, Seigneur, son magnifique visage était plein d'ecchymoses, ses lèvres tuméfiées, ses cheveux trempés de sang qui lui coulait sur la tempe. Je tendis la main et la lui posai sur l'épaule. Il était froid, son torse nu couvert de sang et de brûlures, sa peau glacée. On lui avait laissé son pantalon, mais ses pieds étaient nus. Une veste épaisse était posée par terre, hors de sa portée. Elle ressemblait à celle portée par les Chasseurs sur la Pierre Angulaire, sauf qu'elle était sale.

— Gage.

Quand il ne répondit pas, je le secouai.

— Gage !

Je savais qu'il était vivant, grâce à ma marque, et à sa réaction face à notre proximité.

— Dani ?

— Je suis là. Allez, réveille-toi.

Je le sentis se crisper, car il venait peut-être de réaliser qu'il ne rêvait pas, que j'étais vraiment devant lui, à l'encourager à bouger.

— Dani ? demanda-t-il encore, cette fois avec des yeux écarquillés, conscient de ce qui se passait.

Il poussa un grognement, les dents serrées. Son pantalon

noir était en lambeaux, le tissu visiblement imprégné de sang en plusieurs endroits. Je regardai son torse plus attentivement, ses muscles couverts d'entailles, de brûlures et de sang. Il semblait avoir vécu un enfer, mais j'ignorais si ses blessures étaient uniquement superficielles, ou s'il souffrait également d'hémorragies internes. Des côtes cassées ? Un rein perforé ? Il était dans un sale état, et le voir blessé faisait hurler toutes mes cellules.

Il était mien. Je ne pouvais pas le permettre.

— Tu es dans un sale état.

— Que fais-tu ici ? rétorqua-t-il en serrant les genoux contre la poitrine.

Nous nous observâmes, nos regards baladeurs. Il était grand. Gigantesque, même avec ses jambes repliées. Ses cheveux noirs étaient un peu longs et ses boucles lui retombaient sur les oreilles. Ils étaient épais, et j'eus envie d'enfouir mes doigts dedans, de découvrir leur texture. Une barbe recouvrait sa mâchoire carrée. Même dans la lumière tamisée provenant de l'entrée de la grotte, je voyais qu'elle avait des reflets roux, contrairement à ses cheveux. Ses lèvres étaient gonflées, mais aussi ouvertes et ensanglantées. Son visage était plus fin que dans mes rêves, comme s'il n'avait pas mangé à sa faim depuis quelques jours, mais ses yeux me transperçaient, me clouaient sur place. Des yeux de prédateur. Complètement concentrés sur moi, repérant chaque détail, ne ratant rien. Il s'attarda sur ma cheville, sur ma hanche relevée pour ne pas m'appuyer sur mon pied. On aurait dit qu'il pouvait lire dans mes pensées, qu'il connaissait déjà mon corps, que nous étions en symbiose.

Ses yeux étaient presque noirs, perçants par leur intensité. Je le reconnaissais, pas seulement grâce aux rêves que nous avions partagés, mais dans mon cœur, dans mon ADN lui-même.

Il m'examinait avec tout autant d'attention et il leva la main vers moi, avant de la laisser retomber.

— Tu es réelle ? demanda-t-il d'une voix rocailleuse sèche. Est-ce que je rêve ?

Je pris mon sac à dos et en sortis une gourde. J'enlevai le bouchon et la tendis à Gage.

— Je suis réelle. Bois.

Il prit la gourde et avala l'eau à grandes gorgées. Depuis combien de temps se trouvait-il dans cette grotte ? Avait-il été privé d'eau et de nourriture pendant des jours. Alors qu'il buvait, je regardai autour de moi. On l'avait laissé dans une grotte abandonnée, assez grande pour que quatre ou cinq hommes la traversent en marchant de front. Je parvenais largement à me tenir debout à son entrée. Si je levais les bras, je ne parviendrais pas à en toucher le plafond. Le sol était fait de pierre. De la terre et des feuilles mortes couvraient la roche grise et froide comme un tapis pourrissant. Nous étions à cinq mètres de l'entrée environ, la lumière du jour étouffée par les épaisses parois. J'entendais de l'eau couler au loin, un petit *plop, plop*. Les chaînes qui maintenaient Gage étaient épaisses et lourdes, mais vieilles et rouillées, tachées par l'âge. Les anneaux et les verrous de métal fixés aux murs étaient là depuis longtemps, comme si Gage n'était pas le premier à avoir été emmené ici. À avoir été torturé et négligé jusqu'à ce qu'il en meure presque.

Une cage au milieu de nulle part ? Pourquoi ?

— Quel genre de monstre créerait un endroit comme ça ? me demandai-je à voix haute.

— Mon arrière-grand-père, répondit-il.

Je tournai immédiatement le regard vers lui. Il souriait, mais sans joie.

— C'est ma grotte, Dani. Amusant, n'est-ce pas ?

— Non. Pas du tout, dis-je en ramassant sa veste et en la lui passant autour des pieds. Il va falloir qu'on te sorte de là.

Du dos de la main, il s'essuya la bouche.

— Je te repose la question. Que fais-tu là ?

Je fronçai les sourcils.

— Je te sauve.

Il secoua lentement la tête.

— Tu n'aurais pas dû. Trop risqué.

— Tu allais mourir.

Il croisa mon regard. Une veine battait à sa tempe.

— Je sais.

— Alors...

Il leva une main, mais elle retomba sur ses genoux, comme s'il était trop affaibli. Je fouillai de nouveau dans mon sac à dos et lui tendis une espèce de barre protéinée parmi les rations militaires que j'avais volées dans le garde-manger de la Pierre Angulaire.

— Mange lentement, dis-je.

Il en cassa un morceau, qu'il mit dans sa bouche et mâcha. Je regardai cet acte simple, le mouvement de sa gorge alors qu'il avalait. Je pris sa main libre et la retournai.

Juste là.

La marque.

Je plaçai ma main dessus, paume contre paume pour la première fois.

La sensation m'arracha une exclamation, et la brûlure dévorante me traversa tout le corps. Un désir s'épanouit en moi, mais ce n'était pas le moment. Je me sentais complète, toutefois. Comme si une part de moi m'avait toujours manquée. Je me demandais comment j'avais fait pour vivre ma vie, pour supporter mon existence. C'était peut-être parce que je n'avais pas su que j'étais incomplète.

Mais à présent... il n'y avait plus de retour en arrière possible. Gage était mien et il pourrait me crier dessus autant qu'il voudrait, je m'en fichais.

— Quelqu'un veut ma mort, dit-il avant de fourrer un autre

morceau de barre protéinée dans sa bouche. Je ne veux pas qu'on s'en prenne à toi.

— Je sais prendre soin de moi. Et je refuse de te laisser mourir.

Il bougea son poignet menotté, et la chaîne tinta.

— Comme tu peux le voir, dit-il, je n'irai nulle part. Ça fait des jours que j'essaye de trouver un moyen de sortir d'ici.

Je fouillai de nouveau dans mon sac.

— J'ai récupéré des choses qui pourraient nous être utiles sur la Pierre Angulaire. Un appareil de communication.

Je plaçai le petit objet sur le sol, mais il le ramassa immédiatement.

— Récupéré ?

Je lui jetai un rapide regard, puis repris ma tâche. Je n'allais pas lui dire que je les avais volés. Mon intention était de les *emprunter* et de les rendre une fois que j'aurais sauvé Gage et que je serais rentrée avec lui. Mieux valait demander pardon que de demander la permission, surtout que ces hommes des cavernes ne m'auraient jamais laissée les accompagner. Et ils n'auraient pas réussi à le trouver, pas sans moi. Sans la marque qui m'appelait comme un phare dans le brouillard.

— Une unité de communication ? Comment ça se fait qu'ils ne t'aient pas retrouvée avant que tu te sois éloignée à plus d'un kilomètre de la Pierre Angulaire ?

— Elle n'est pas allumée. Évidemment. J'ai retiré la batterie. Je ne voulais pas qu'on puisse me suivre, parce que connaissant mes amies, une fois qu'elles auraient impliqué leurs compagnons, ils se seraient lancés sur mes traces. M'auraient arrêtée.

— Qui sont ces compagnons dont tu parles ?

— Des Chasseurs de la Pierre Angulaire.

— Ils auraient dû t'arrêter. Je parlerai de cet échec avec eux.

Je fronçai les sourcils, les lèvres pincées. Il aurait dû me remercier, pas m'énerver, mais je lui laissais le bénéfice du doute pour l'instant. Il devait délirer. Et comme nous nous trouvions dans une grotte... pas étonnant qu'il se prenne pour un homme des cavernes.

— Eh bien, je suis là. Avec une unité de communication. Et ça.

— Bon sang ! Un pistolet à ions ? s'écria-t-il en m'arrachant l'arme des mains et en vérifiant quelque chose, sûrement que la sécurité était enclenchée. Tu aurais pu te tirer dessus.

Je poussai un soupir.

— Tu n'es pas accouplé à une idiote. Je sais me servir d'un flingue. Je sais tirer. Je connais les mesures de sécurité à respecter pour ne pas me blesser. Si tu n'avais pas encore remarqué, je t'ai pisté. Je ne suis pas une citadine, Gage.

Il plissa les yeux, mais garda le silence.

— Personne d'autre ne t'a trouvé, si ? ajoutai-je.

Il expira et me regarda presque à contrecœur, réalisant que j'avais raison. J'étais là, à lui sauver les miches. Il replaça le pistolet dans son holster et se leva lentement, avant de pointer l'arme vers le mur au-dessus de nos têtes, là où la chaîne était fixée, non loin de la cage.

— Place-toi derrière moi.

J'obéis, mais son bras me poussa quasiment encore plus loin.

Le tir résonna sur les parois de la grotte, tout comme le cliquètement de la chaîne lorsqu'elle heurta le sol. Je regardai autour du corps de Gage et constatai qu'il n'était plus attaché à la caverne.

— Encore, dit-il en visant son poignet, trois anneaux au-dessus de sa menotte. Je voulais d'abord faire un test. Voir ce qui se passerait. J'aimerais éviter de me faire exploser la main.

Il tira une nouvelle fois, et une grande longueur de chaîne tomba au sol comme un serpent mort. L'autre était toujours fixée à la menotte de son autre poignet, et je réalisai qu'on l'avait attaché à une sorte de poulie. Il prit le pistolet dans son autre main et tira une troisième fois. Je poussai un soupir de soulagement quand la chaîne tout entière cliqueta contre la paroi de la grotte comme si elle était morte. En tout cas, j'aimais voir les choses ainsi. Il avait toujours une menotte autour de chaque poignet, mais il était libre de ses mouvements. Un problème à la fois.

Gage se tourna vers moi et me souleva le menton.

— Tirons-nous d'ici.

Il enfila sa veste, profitant du peu de chaleur qu'il pouvait trouver. Il se dirigea vers l'entrée de la grotte, et je le suivis. Lentement. En réfléchissant à voix haute.

— On ne peut pas regagner la Pierre Angulaire à pied. C'est trop loin. On n'aura pas assez d'eau ou de nourriture. Je pourrais cueillir des fruits et chasser s'il le faut, mais tu es affaibli. Blessé. On n'a pas le temps.

— Toi aussi, tu es blessée.

Il regarda ma cheville, comme s'il arrivait à voir qu'elle était gonflée à l'intérieur de ma botte. À la lumière du jour, je voyais son teint olivâtre sous tout ce sang, ses lèvres légèrement plus foncées et pulpeuses, le jeu d'ombres sur son torse et son dos très musclés. Nom de Dieu. Quel beau gosse. J'étais gâtée. Sa grosse voix rauque me donnait des frissons, et pas de froid.

— Tu as apporté une baguette ReGen ?

Je fronçai les sourcils. Une quoi ?

— Je ne sais pas ce que c'est.

Il poussa un soupir, puis me sourit pour la première fois.

— Ce n'est pas grave. Tu as fait du bon travail. Merci.

Je lui rendis son sourire.

— Maintenant que je t'ai trouvé, on peut appeler les hommes des cavernes à la rescousse.

— Les hommes des cavernes ?

— Les compagnons de mes deux amies terriennes.

Je lui repris l'unité de communication des mains et fouillai dans mon sac à la recherche d'outils – un couteau que j'avais volé dans la cuisine, et la batterie (si c'était bien le nom de ce drôle de morceau de métal que je plaçais dans l'unité pour la faire fonctionner.)

— Tes amies sont accouplées à des Chasseurs qui vivent dans des cavernes ? Je n'ai jamais entendu parler de tels Chasseurs. Pas même dans les vieilles légendes.

Il secoua lentement la tête et prit une nouvelle bouchée de barre protéinée.

— Je ne pense pas que nous devrions faire appel à d'étranges Chasseurs primitifs. Quelqu'un veut ma mort. Si tu ne m'avais pas trouvé, ils auraient réussi.

— Qui ?

Il haussa ses larges épaules.

— Je n'en ai aucune idée.

Il regarda le ciel et ferma les yeux. Inspira profondément. C'était comme s'il s'était attendu à ne plus jamais revoir le ciel ou sentir l'air frais sur sa peau.

— On ne peut faire confiance à personne, ajouta-t-il.

— Pas même à tes amis ? À ta famille ? Tu en as une ?

Il me caressa la joue du bout du doigt.

— Je suis membre des Sept. Sur Everis, j'ai un rang très élevé. Je suis connu sur toute la planète. Ma famille possède ce siège depuis des millénaires, et nous nous le transmettons de génération en génération. Mais je suis également le dernier de ma lignée. J'ai beaucoup d'ennemis, Danielle. Il y a beaucoup de suspects potentiels. Je n'ai pas envie d'impliquer la compagne de mon père ou ma sœur. Quant aux amis ? Je n'en ai pas, seulement des gens qui tentent de profiter de moi.

— C'est horrible.

— Ça a toujours été comme ça, dit-il avec un grognement.

Il n'ajouta rien. Sa résignation me peinait. Sa vie n'avait pas l'air drôle.

— Eh bien, moi, j'ai des amies. On va appeler Katie et Lexi. Elles viennent de la Terre, comme moi. Elles ne sont sur Everis que depuis peu de temps, comme moi, et je peux te promettre qu'elles ne complotent pas pour te tuer. Elles ne savent même pas où tu te trouves. D'ailleurs, quand on s'est portées volontaires, on ne savait pas qu'on serait envoyées sur Everis. Tu peux leur faire confiance.

— Je ne les connais pas.

— Tu me fais confiance ? lui demandai-je en levant les yeux vers lui.

Il se redressa, comme si je l'avais insulté. Il bomba le torse.

— Tu es ma Compagne Marquée. Je te fais confiance les yeux fermés. Tu es la seule.

Je lui posai une main sur le bras. Mécontente que nos peaux soient séparées par des vêtements froids et rêches, je fis glisser ma paume jusqu'à ce que nos mains, nos marques, se touchent.

— Alors, fais-moi confiance là-dessus. Katie et Lexi nous aideront. Leurs compagnons – des Chasseurs d'Élite – nous aideront.

— Je ne sais pas. Le fait qu'ils vivent dans des cavernes ne m'inspire pas confiance. Comment font-ils pour prendre soin de leurs compagnes comme il se doit ?

J'éclatai de rire. Je ne pus pas m'en empêcher. Visiblement, les références terriennes aux hommes des cavernes n'étaient pas bien transposées par l'unité langagière de la Gardienne Égara.

— Ils ne vivent pas vraiment dans des cavernes. Sur Terre, c'est comme ça qu'on appelle les hommes trop protecteurs, dominants et autoritaires.

— Qui ça, on ?

— Les femmes.

Cela le fit sourire, et je sus que je voudrais le voir amusé beaucoup plus souvent à l'avenir.

— Alors ils doivent être d'excellents compagnons, car c'est

exactement comme ça que je compte me comporter avec toi. Trop protecteur, autoritaire et certainement dominant.

Je battis des cils dans sa direction et je souris pour la première fois depuis une éternité.

— Tu sais ce qui est arrivé aux hommes des cavernes, sur Terre ?

Il me serra contre lui, nos corps pressés l'un contre l'autre dans une étreinte chaleureuse qui était bien plus qu'un premier contact. J'avais l'impression d'avoir trouvé mon foyer. Quand il pencha la tête et que ses lèvres s'attardèrent dans ma masse de cheveux emmêlés, juste au-dessus de mon oreille, je le sentis sourire.

— Ils ont gardé leurs compagnes en sécurité et très, très nues pour qu'elles ne passent pas une seule journée sans faire l'expérience d'un plaisir passionné et charnel aux mains de leurs maîtres ?

— Non.

Bon sang, est-ce que mon sexe était mouillé et douloureux ? Maintenant ? Dans ce trou à rats, alors que mon compagnon était blessé et plein de sang, couvert de plusieurs jours de sueur et de saletés ? Beurk.

Il me grogna à l'oreille et me serra davantage, jusqu'à ce que je sente son membre long et dur.

— C'est ce qui va t'arriver, Danielle, une fois qu'on aura échappé à cet endroit et que tu seras guérie. Je te revendiquerai selon l'ordre sacré des trois. J'apprendrai tous les secrets que ton corps tentera de me cacher. Je te pousserai à me supplier de te faire jouir et à crier mon nom. Je t'embrasserai de la tête aux pieds, compagne. Je te conquerrai. Te ferai mienne.

Beau parleur.

— Dès que *je* serai guérie ? Tu es dans un état lamentable. Moi, je vais bien.

— Non. Pas du tout. Et dès que nous aurons une baguette ReGen sous la main, tu seras soignée.

— Et toi ? demandai-je en reculant pour lever les yeux – très haut – vers les siens.

— Mes blessures ne sont rien comparées aux tiennes. Tu seras soignée en premier.

Il était sérieux ? Il tenait à peine debout. Il était en sang, à cause de blessures innombrables. Il était glacé. Affamé. Et c'était pour ma cheville qu'il s'inquiétait ?

— Ma blessure à la cheville date d'il y a plusieurs mois, sur Terre. Ce n'est rien. Elle me fait juste un peu mal parce que j'ai beaucoup marché.

— Tu seras soignée en priorité. Ce n'est pas négociable, Danielle. Si tu refuses, je te fesserai pour te punir de ta désobéissance, comme je devrais d'ailleurs le faire maintenant, puisque tu m'as défié.

— Je t'ai sauvé la vie.

Son regard passa de l'intensité à la sensualité en un instant.

— Et tu as risqué la tienne.

— Tu pourrais essayer de te montrer reconnaissant.

— Je suis content que par un miracle des dieux, tu m'aies trouvé et que tu aies survécu. Tu ne referas plus jamais rien d'aussi imprudent.

— Merde. Et moi qui croyais que Von et Bryn étaient autoritaires.

— Le Commandant Von ? Le Chasseur d'Élite ?

Son ton changea une fois de plus, passant de l'arrogance et l'autorité agaçantes à la curiosité. J'avais du mal à suivre, avec tous ces changements d'humeur. J'avais l'impression d'être un chat en train de courir après le faisceau d'un rayon laser. Saute ici. Non, là. Non...

— Oui. Von et Bryn sont des Chasseurs d'Élite. Ils sont accouplés à mes amies, Katie et Lexi. Je te l'ai déjà dit. C'est eux que nous devrions appeler. Je leur fais confiance.

Son visage se détendit et devint presque calme, même si je sentais la tension dans son corps alors qu'il restait attentif au monde environnant, observant, écoutant. Mais je faisais la même chose. Et je n'étais pas à moitié morte. Nous étions bel et bien seuls ici.

— Tu les connais ? demandai-je.

— J'ai entendu parler de Von lors de réunions du Conseil. Il y a peu de temps, nous avons confié une mission délicate à Bryn.

— Oui, sur Rogue 5. C'était un vrai bordel, dis-je en le regardant, les sourcils froncés.

Mais ma désapprobation n'était rien comparée à sa réaction.

— C'est une information top secrète, Danielle. Une affaire politique très sensible. Comment connais-tu ces détails ?

Je levai les yeux au ciel.

— Katie est la compagne de Bryn, tu te rappelles ? Et elle est l'une de mes seules amies là-bas. Elle a failli se faire revendiquer par ce type, Styx. Ça n'aurait pas été une bonne chose.

— Nos opérations sur Rogue 5 sont hautement sécurisées. Le fait qu'il y ait eu une brèche dans le protocole est inquiétant. Il a emmené sa compagne avec lui ? Bryn sera tenu pour responsable.

— Et moi qui croyais que Von était un dur à cuire, marmonnai-je.

Il était sérieux ? Il était à moitié mort, et il se préoccupait du protocole ?

— Je croyais que tu avais dit que Von était un homme des cavernes.

— Oui, enfin, il est du genre impitoyable quand il fait appliquer les règles, ce qui fait de lui un dur à cuire *et* un homme des cavernes.

Je reculai d'un pas, mais ma cheville céda. J'agitai les bras pour garder l'équilibre, mais Gage réagit plus vite. Avant même de pouvoir prendre une inspiration, je me retrouvai dans ses bras, à être portée comme un enfant.

— Repose-moi.

— Tu es blessée. Il est hors de question que tu marches avant d'être guérie.

— Tu es ridicule. Repose-moi. J'ai parcouru des kilomètres et des kilomètres pour arriver là, Votre Majesté. Je peux me débrouiller toute seule.

— Non. Et je ne suis pas une majesté. Je suis un prince. Un descendant des Sept originels.

Je poussai un soupir et rendis les armes, la tête appuyée conte son épaule, absorbant le plus de chaleur possible.

— Comme tu voudras, homme des cavernes.

— Facile à cuire.

Je restai interdite.

— Comment tu viens de m'appeler ?

— Tu ne respectes pas les règles, contrairement à Von. Alors tu dois être une facile à cuire.

Sa main se posa sur mes fesses et entama un massage qui me fit très vite perdre toute combativité. Seigneur, s'il me déshabillait un jour, j'allais avoir des ennuis. Je ferai tout ce qu'il voudrait, où il voudrait.

— Oui, tu es facile à soulever dans tous les sens.

— Cette expression n'existe pas.

— Maintenant, si.

Il continua son massage, et je ne tentai même pas de retenir un soupir satisfait. Il était en sécurité, n'était pas mourant – pas pour le moment, en tout cas –, et ma cheville me faisait effectivement un mal de chien. Mais mon émotion principale, celle qui faisait que j'avais baissé les armes, c'était le soulagement. Nous étions ensemble, à présent. Tout le reste s'arrangerait. Forcément.

— Sers-toi de cette unité de communication pour appeler Von et nous faire sortir d'ici, s'il te plaît, lui dis-je.

— Ces Chasseurs sont loin ?

Je parvins à hausser les épaules.

— Je ne sais pas. Ils sont sur la Pierre Angulaire. Mais ils ont été très occupés par cette histoire de « trois virginités » depuis qu'ils ont trouvé leurs compagnes. Ils les ont revendiquées, mais ils ne s'arrêtent pas pour autant. Ils ne seront peut-être pas disponibles... tout de suite.

Je sentis le rouge me monter aux jours alors que je tentais de lui expliquer l'évidence. Il avait dû percevoir quelque chose dans ma voix, car son regard était braqué sur mon visage, et ses yeux étaient pleins d'avidité. De fascination.

De possessivité.

J'avais vu cette expression sur le visage des autres Chasseurs quand ils avaient trouvé leurs compagnes. Et j'avais beau avoir l'impression d'être une amoureuse éperdue, romantique et un peu idiote, la voir sur le visage de Gage fit battre mon cœur à cent à l'heure et me fit oublier tout le reste tant je le désirais. J'avais envie qu'il me regarde comme ça quand il serait en mesure de *passer à l'action*.

Il réfléchit à ce que j'avais dit. J'étais patiente, lui laissais du temps. Je ne lui en voulais pas. Des gens voulaient sa mort. Vu son boulot, la liste devait être longue. Trop longue. Il ne voulait pas finir dans une grotte à nouveau.

— Bon, d'accord. On va appeler tes amis. Leur demander de nous aider dès qu'ils arriveront à se décoller de leurs compagnes.

Il n'y aurait pas de *décollage* à faire. Lexi et surtout Katie n'étaient pas du genre à jouer les femmes au foyer, mais je ne dis rien. Il apprendrait la vérité lorsqu'ils arriveraient. S'ils venaient nous chercher.

Il le fallait.

Je me servis de l'unité de communication pour appeler Katie. Je ne fus pas surprise lorsque Bryn répondit quelques secondes plus tard, en exigeant de savoir où je me trouvais. Je ne leur parlai pas de Gage. Lorsque Bryn m'assura qu'ils étaient en chemin, je raccrochai.

— Je pense qu'il est plus sûr de ne pas dévoiler ton nom par le système de communication avant qu'ils arrivent.

Il hocha la tête, son regard chaleureux alors qu'il m'observait.

— Tu es une femme intéressante, Danielle. Je ferai confiance à tes amis, mais pour l'instant, n'avertis personne d'autre.

Il leva les yeux pour regarder l'horizon, et je vis le Chasseur en lui pour la première fois. Dur. Froid. Impitoyable.

— La cérémonie de l'ascension se tient dans quelques jours. Jusque-là, nous devrons nous montrer prudents.

— Et ensuite ?

— Ensuite, je passerai cette planète au peigne fin, accompagné de Chasseurs loyaux, jusqu'à ce que le traître subisse le sort qu'il mérite.

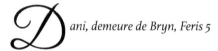

D ani, demeure de Bryn, Feris 5

JE ME TROUVAIS dans la plus grande baignoire que j'avais jamais vue. Sur Terre, on l'aurait prise pour un jacuzzi, mais l'eau n'était pas aussi brûlante. Et cette baignoire se trouvait *dans* une salle de bains, pas dehors. En fait, elle se trouvait même *dans* le sol. L'eau était chaude, pleine d'huiles parfumées qui sentaient la nature, et j'avais une vue splendide.

Gage se trouvait sous la douche, ce que les habitants d'Everis appelaient une cabine de lavage, et était en train de se savonner le torse. Il n'avait pas d'inhibitions, pas la moindre pudeur, car il savait très bien que j'étais en train de le regarder.

Von et Bryn avaient répondu à notre appel en un temps record. Quand Gage leur avait expliqué ce qui s'était passé, ils avaient admis qu'il valait mieux qu'il reste caché. La personne qui voulait le tuer devait croire qu'elle avait réussi, en tout cas pour l'instant. Jusqu'à ce que nous découvrions qui était impliqué.

Bryn nous avait prêté sa maison afin que nous récupérions et que nous nous cachions. Comme Gage et lui ne s'étaient jamais rencontrés et n'avaient aucun lien hormis le fait qu'ils avaient des compagnes terriennes, Gage estimait que cette solution était convenable. Nous n'en avions pas beaucoup. En tant que chef des Sept, Gage menait une vie très publique. J'imaginais qu'il devait être comme les célébrités terriennes, que tout le monde était mis au courant dès qu'il était victime du moindre éternuement.

C'est pour cela que nous avions donné nos coordonnées à Bryn et qu'il était venu nous chercher, accompagné de Von, Lexi et Katie, en navette. C'était le terme qu'il avait employé. Moi ? Je trouvais que ça ressemblait à un petit vaisseau spatial sorti tout droit de *Star Trek*.

Me téléporter tout droit depuis la Terre était une chose ; j'étais endormie. Mais ça ? J'avais été éveillée, et émerveillée. D'accord, je venais de trouver mon Compagnon Marqué, l'avais sauvé d'une mort certaine, et là je me trouvais dans un vaisseau spatial ! Je survolais Everis ! Cela m'avait fait réaliser que, comme dans le *Magicien d'Oz*, nous n'étions plus au Kansas.

Et lorsque Bryn avait tendu à Gage un bâton bleu luisant qui guérissait apparemment toutes sortes de blessures quand il était agité, j'avais fait une overdose de technologies. Mais quand Gage s'était accroupi devant moi et l'avait passée au-dessus de ma cheville, et que ma douleur s'était réduite, puis avait disparu, j'avais été émerveillée. Et agacée. Il avait été torturé et laissé pour mort, et il voulait soigner ma cheville ? Quel imbécile ! J'avais fini par le convaincre que j'allais bien, et il avait enfin utilisé la baguette sur lui. Avec toutes ses entailles, ses bleus et son sang séché, il était difficile de déterminer s'il était guéri, mais son visage s'était détendu, et les plis d'amertume autour de ses lèvres s'étaient lissés.

Et à présent que nous étions installés dans la maison de Bryn – une demeure étonnamment spacieuse –, nous étions seuls. Bryn nous avait montré où séjourneraient Von et Lexi, et Von avait hissé sa compagne sur son épaule pour l'emmener avec lui. Je ne pensais pas les entendre de sitôt, sauf si leurs cris de plaisir me parvenaient à travers les longs couloirs.

Quand nous fûmes seuls dans notre suite – il n'y avait pas qu'une pièce, mais trois, en plus de la salle de bains avec son énorme baignoire –, je devins pudique. Nous n'étions pas en train de partager un rêve. Gage n'était pas en danger. Il était guéri et en un seul morceau, juste devant moi.

D'après son regard, cela faisait un moment qu'il voulait me toucher, m'embrasser, et bien plus encore. Reprendre là où nous nous étions arrêtés dans le rêve, avant que ma maudite cheville me réveille. Mais il était hors de question que je le laisse m'approcher avant que j'aie pris une douche. J'étais partante pour une partie de jambes en l'air spontanée et passionnée, mais je n'avais pas envie de sentir le bouc quand je me déshabillerais enfin dans le monde réel. Je ne voulais pas qu'il me voie avec des cheveux gras et des aisselles puantes pour notre premier véritable baiser.

Il avait allumé le robinet de la baignoire pour la laisser se remplir pendant que je me lavais sous la douche en premier. Je pourrais me détendre dans l'eau profonde ensuite. Je n'allais pas dire non à ça, alors j'avais hoché la tête. Il était sorti et m'avait laissée seule... jusqu'à une minute après que j'avais éteint la douche. Puis, il avait frappé à la porte et était entré. Mon corps était masqué grâce à la profondeur de la baignoire, et quand il m'avait regardée, si grand, beau et ténébreux, mon cœur avait fondu. Pas seulement mon cœur, d'ailleurs.

J'avais pensé qu'il voudrait que je me retourne, mais non. Un petit sourire s'était étalé sur son visage alors qu'il se débarrassait de ses vêtements sales, exposant chaque magnifique centimètre carré de son corps musclé. Il était peut-être un peu plus mince qu'à l'ordinaire, comme il avait été laissé pour mort, mais il restait superbe. Des épaules larges, une peau olivâtre et ferme. Il avait des poils noirs sur le torse, qui traçaient un chemin jusqu'à son nombril – rentré – puis continuaient en fine ligne jusque sous son pantalon. Lorsqu'il le retira, je découvris qu'il ne portait pas de sous-vêtement. Il était également en érection, et lorsqu'il me vit l'admirer, elle devint encore plus forte. Elle s'allongea, et son gland bulbeux s'incurva vers son ventre, et... Ouah, est-ce que ça allait entrer ? Partout ? Ce n'était pas parce que je l'avais sucé en rêves que je parviendrais forcément à le faire passer dans ma gorge. Ou entre mes fesses.

Mes tétons durcirent, et mes parois intérieures se contractèrent à cette idée.

Ce n'est que quand je réalisai que je le reluquais, les yeux écarquillés, la bouche grande ouverte, que je détournai le regard. Mes joues étaient aussi chaudes que l'eau du bain. Il se tourna, entra dans la cabine de lavage, et commença à se frictionner. Et la vue de dos n'était pas mal non plus.

À présent, je le regardais savonner ses pectoraux musclés et ses cuisses puissantes, et mes ovaires bondissaient de joie.

— Ta famille ne risque pas de s'inquiéter pour toi ? lui demandai-je.

Ses mains se figèrent sur son ventre, et j'eus envie de me glisser dans la cabine pour le nettoyer moi-même, pour passer les paumes sur chaque centimètre carré de sa peau. J'étais persuadée que cela ne le dérangerait pas, mais je n'étais pas encore assez sûre de moi. Je ne savais pas ce que je faisais et je ne voulais pas me ridiculiser. En tout cas, pas avant notre premier baiser.

— Ma mère est morte quand j'avais deux ans. Je ne me souviens pas d'elle.

— Et ton père ?

— Il est décédé depuis près d'un an. La cérémonie de l'ascension est censée se dérouler le jour de l'anniversaire de sa mort.

— Je suis désolée.

Et je l'étais. Je sentais pratiquement la douleur irradier de lui. Un corps si fort. Un esprit puissant, guerrier. Le voir souffrir était pire que de ressentir la douleur moi-même.

— Comment était-il ?

— Il était fort. Honorable. Un membre des Sept. Un vrai prince. Je ne peux qu'espérer être à sa hauteur.

— Comme prince ?

Par ce terme, voulait-il dire « je suis membre de la famille royale », ou était-ce simplement un titre donné aux politiciens les plus hauts gradés d'Everis ? Je l'ignorais. Mais je n'étais pas une princesse. J'étais plus à l'aise avec des chaussures de marche qu'avec une tiare.

— Comme homme.

Il se tenait fièrement et me regardait, la faim dans ses yeux si intense que j'aurais juré pouvoir sentir son contact à travers la pièce. L'eau coulait sur son corps guéri, gouttant sur chaque courbe. Chaque ombre. Plus bas. Seigneur, il était sublime. Bien bâti. De partout. Je jetai un coup d'œil vers son visage pour voir si mon inspection lui plaisait. Visiblement, je n'étais pas douée pour cacher l'intérêt que je portais à son corps parfait.

— Et les autres membres de ta famille ?

— Mes parents n'étaient pas des Compagnons Marqués, alors mon père s'est accouplé une seconde fois. Toujours pas une Compagne Marquée.

— J'ai entendu dire que trouver son Compagnon Marqué était rare.

Je passai la main sur la surface de l'eau, jouant avec les quelques bulles, tentant de ne pas prêter attention à la chaleur dégagée par mon compagnon, et pas au sens propre. Je n'avais encore jamais désiré d'homme comme je le désirais lui, et l'attente me mettait sur les nerfs, me rendait plus attentive que d'habitude à mon environnement. La fraîcheur de l'eau sur mes épaules, la chaleur de l'eau, les bulles qui éclataient sur mes tétons sensibles.

— C'est vrai. Très rare. Mon père est mort il y a près d'un an. Comment s'appelle la compagne ou le compagnon d'un parent, sur Terre ? Et leurs enfants ?

— Une belle-mère ou un beau-père. Un demi-frère ou une demi-sœur.

— Alors j'ai une belle-mère, Mauve, et une demi-sœur, Rayla, qui a trois ans de moins que moi. Rayla est née de la première union de Mauve, avec un Chasseur tué alors qu'il traquait un criminel prillon.

— Pas d'autres frères et sœurs ? Des oncles ? Des cousins ?

Il secoua la tête, puis se tourna et pencha la tête en arrière pour se laver les cheveux. Ils étaient touffus, et sa barbe de trois jours lui donnait un air ténébreux, redoutable et sexy. Tellement sexy. Je le dévorais des yeux.

— Non. Aucun. Je suis l'héritier du siège de mon père au Conseil des Sept. Ma famille descend des familles dirigeantes originelles. Je suis un prince pour mon peuple, et toi, Danielle, tu seras leur princesse.

Une princesse ? Moi ? Dani, de Floride. Une princesse ? C'était dingue.

Je dus détourner les yeux pour tenter de former une pensée cohérente. Tout ce qui me venait en tête, c'était les personnages principaux des films Disney. Je ne savais même pas chanter. J'étais trop maigre. Trop petite. Je n'avais pas les courbes pour remplir ce genre de robes. Je ne parlais pas aux souris, aux oiseaux, ou à toute autre créature. Les biches, je les chassais et je les servais au dîner. Je ne leur parlais pas et je ne dansais pas dans les bois en chantant pour les écureuils. Je n'étais ni royale ni raffinée, et les petits coucous ridicules de la main que les aristocrates faisaient au public dans les images que je voyais à la télé terrienne me provoqueraient un syndrome du canal carpien. Sérieusement ? Qu'est-ce qu'il me racontait ? Une princesse ? Moi ?

Non.

Concentrons-nous sur la famille. Je m'éclaircis la gorge et chassai le mot princesse de mon esprit.

— Je n'ai plus de famille non plus. Je ne me souviens pas de ma mère. Elle n'est pas morte, elle a simplement décidé qu'elle voulait retourner vivre en ville. Elle est partie quand j'avais quatre ans, avec le prof de yoga du centre social. Il paraît qu'ils se sont mariés et qu'ils sont partis vivre en Californie.

Gage était en train de faire mousser ses cheveux, à présent, et je me tus. Le regarder était plus intéressant que ma bonne à rien de mère. Et ce n'était pas que son visage sublime que je matais. Alors qu'il avait les bras levés, le dos cambré et qu'il me montrait son profil, son sexe semblait ressortir de son corps. Je ne pouvais pas rater ça. Je me léchai les lèvres alors que je me remémorais le goût de la goutte de fluide qui était sorte de son gland dans mon rêve. Son érection. Chaude et pulsante contre ma langue.

— Et ton père ? me demanda-t-il.

Je sentis la douleur familière à la pensée de mon père, mais je ne me sentais plus seule. Mon cœur se remplissait lentement de Gage.

— Mon père est mort l'an dernier. Il m'a appris tout ce que je sais sur la survie dans la nature. Il était guide de chasse et de pêche. Il emmenait les gens dans les zones humides pour chasser, à la rivière pour pêcher. On passait au moins deux mois dans les montagnes du Montana tous les étés. C'était un homme bien. Un excellent père.

La douche s'éteignit, et il ouvrit la porte de la cabine. En sortit. Je le regardai, son corps dégoulinant d'eau, ses muscles contractés puis relâchés alors qu'il se mouvait avec assurance. Facilité. Même avec le gourdin qu'il avait entre les cuisses.

— Je suis désolée qu'il soit allé rejoindre les dieux, dit Gage.

Je clignai des yeux à toute vitesse. Je refusais de pleurer maintenant. Alors, je hochai la tête.

— Avant que ma marque se réveille, j'étais censé épouser Rayla, dit-il. Les fiançailles royales avaient déjà été annoncées.

Je restai bouche bée. On semblait au beau milieu d'un feuilleton télévisé.

— Tu es fiancé à ta *sœur* ?

Il sourit alors qu'il se glissait dans la baignoire jusqu'à ce que ses épaules soient immergées et qu'il venait se placer devant moi. Il plaça les mains sur le rebord de la baignoire de chaque côté de ma tête. J'étais coincée.

— Pas de sang. Le peuple l'adore, une roturière qui deviendrait princesse. Elle est gentille et altruiste et elle est impliquée dans plusieurs associations qui viennent en aide aux gens du commun.

Seigneur. Il ne venait quand même pas de parler de *gens du commun* alors qu'il parlait de sa sœur. *Demi-sœur*. Peu importe.

— Elle est belle ?

J'eus envie de me gifler, mais les mots avaient quitté ma bouche avant que je puisse contenir la jalousie qui venait de pointer le bout de son nez. C'était un vilain défaut, et je n'avais vraiment pas envie de détester ma future belle-sœur.

— Oui. Très, dit-il en me passant une main dans les cheveux, avant de poser le regard sur mes lèvres. Mais pas aussi belle que toi.

Je rougis ; je ne pouvais pas m'en empêcher, pas alors qu'il me regardait comme s'il était prêt à bondir. J'avais envie de lui hurler de se dépêcher, mais j'étais coincée comme un lapin pris dans les phares d'un voiture, figée. J'attendais qu'il me touche. Inquiète qu'il en désire une autre.

— Elle est au courant ? Pour moi ?

Son regard s'adoucit et se porta sur mes lèvres. J'avais le souffle court.

— Oui. Elle était ravie.

Je fronçai les sourcils.

— Elle était ravie de ne pas devenir princesse ?

Ça n'avait aucun sens. Personne ne pourrait être content à l'idée de renoncer à cet homme à tomber.

— Oui. Nous étions tous les deux coincés dans le carcan du devoir. À présent, elle est libre de faire un mariage d'amour, pas de raison. Je l'aime, Danielle. Elle fait partie de ma famille, elle est sous ma protection.

— Tu l'aimes ?

Pff ! Je parlais comme une parfaite idiote. Mais c'était complètement sa faute. Je n'arrivais pas à réfléchir. Pas alors que la chaleur de son corps me parcourait comme une drogue. Et ses lèvres. J'avais le regard braqué dessus. J'étais *avide.* J'avais rêvé de lui nuit après nuit, je l'avais trouvé, mais il n'avait jamais été à moi. Réel. Pas comme ça. Et la faim qui s'éveillait en moi n'était pas normale. C'était terrifiant. Trop intense. Trop fort. Je perdais le contrôle. Mon corps ne m'appartenait plus, il était sien. Je percevais les battements de son cœur, celui de son pouls à la base de son cou. Bon sang, son odeur était enivrante, elle emplissait tout mon corps de chaleur.

Et l'imaginer avec une autre femme ? La partie de moi que cela faisait hurler était sauvage, à vif, primitive. Je n'avais encore jamais ressenti une chose pareille. J'avais peur de bouger, peur qu'en contractant le moindre muscle, je perde le contrôle et bondisse. Que je le marque. J'avais envie de frotter mon corps à lui, comme un foutu chat marquant son territoire, le marquer de mon odeur – parce que je savais que les autres sentiraient ma peau sur lui, sauraient qu'il était mien. C'était mal. Étrange.

Mais je ne pouvais pas m'empêcher d'en avoir envie.

Seigneur, j'étais peut-être bel et bien une extraterrestre, finalement, car tout cela était inné. Instinctif. J'avais l'impression d'être une Chasseuse.

Nous n'étions plus sales. Plus blessés.

— Je l'aime comme une sœur, rien de plus. Mais ce n'est rien comparé à ce que je ressens pour toi. Je suis ta famille, désormais. Et tu es la mienne.

Tremblements. Souffle coupé. Souffle coupé. J'avais besoin qu'il me touche. Encore plus besoin que de respirer. Je me léchai les lèvres, satisfaite quand son regard suivit mon geste et que ses yeux se firent sombres et brûlants.

— Prouve-le.

Je fendis l'eau et pressai mon corps contre le sien, torse contre torse, levant les doigts pour les promener dans ses cheveux, comme je voulais le faire depuis un moment.

Ce premier contact fut comme un courant électrique, mon corps crépitant de chaleur, de désir et d'excitation. Ce fut à son tour de se figer, de lutter pour se maîtriser. Je fermai les yeux, impatiente de le goûter, et je pressai les lèvres contre les siennes, revendiquai sa bouche dans un baiser.

J'étais douce. Tendre. Mes lèvres s'attardèrent. Se retirèrent. C'était une invitation à laquelle il serait incapable de résister, j'en étais sûre. Je le désirais. J'avais besoin qu'il me touche, qu'il me fasse sentir que je lui appartenais véritablement après m'être tant battue pour être avec lui. Mais je n'étais pas expérimentée. Je ne savais pas quoi faire d'autre, à part lui donner la permission de me faire n'importe quoi.

Non, *tout* ce qu'il voudrait. Tout ce dont nous avions *tous les deux* besoin.

Je rompis notre baiser et passai les bras autour de lui pour le serrer fort. Contre moi. Le plus près possible. Je luttai contre une vague d'émotion, d'amour, d'excitation et d'un million d'autres choses que j'étais incapable de comprendre, et encore moins de nommer. Je ravalai les larmes brûlantes qui me montaient aux yeux et pressai les lèvres contre son oreille.

— J'ai besoin de toi, Gage. S'il te plaît. Je veux devenir tienne.

— Tu es mienne.

Il passa les bras autour de moi et me serra contre lui durant de longues minutes alors que nous luttions tous les deux pour nous maîtriser, nos respirations haletantes. Ses bras étaient comme des anneaux d'acier autour de moi, et je ne m'étais jamais sentie aussi en sécurité, aussi liée à un autre être. Était-ce de l'amour ? Je n'en savais rien. Le mot amour semblait tellement terne pour ce que je ressentais. C'était de l'obsession. De la dévotion. Un désir qui plantait ses griffes dans mon corps comme une bête sauvage, menaçant de me déchirer de l'intérieur.

Il me serra jusqu'à ce que mes tremblements s'évanouissent, jusqu'à ce que je me détende dans ses bras, contente de le laisser me tenir, ses mains caressant mon dos, traçant les contours de mes courbes, découvrant mon corps alors que je me soumettais à son contact.

— Tu as déjà été avec un homme, Dani ?

— Non. Pas dans ce sens-là.

J'étais contente que ma joue soit posée contre son épaule, qu'il ne puisse pas voir la rougeur qui me montait au visage.

— J'ai embrassé quelques garçons au lycée, mais jamais... tu sais.

— Alors mon premier objectif sera de chasser le goût de tous ces autres hommes de tes lèvres.

Ouah. Mais ce ne serait pas grand-chose. Ce n'était pas comme si ces quelques caresses maladroites...

Mes pensées furent interrompues lorsque Gage me passa les mains derrière la tête et me leva doucement le visage vers le sien. Il était tendre, mais son baiser ne le fut pas. Ses lèvres me revendiquaient, sa langue plongeant profondément pour me goûter, me conquérir. Me faire oublier qui avait été là le premier.

Je fondais. C'était la seule façon de décrire ce qui arrivait à mon corps. Je l'embrassai en retour, un profond gémissement provenant du fond de ma gorge un son que je ne reconnaissais pas. Mais lui si, et sa bouche devint plus agressive, plus exigeante, et je lui donnai tout, impatiente de goûter et d'être goûtée.

Il arracha ses lèvres aux miennes et me souleva sur le bord de la baignoire pour que je sois assise face à lui. Haletante. Prête à en avoir plus.

Ses mains chaudes se posèrent sur mes genoux et les écartèrent lentement.

— Écarte les jambes, Dani. Je veux revendiquer ce qui m'appartient.

Mes cuisses furent grandes écartées avant que mon cerveau puisse pousser un cri de protestation. Je n'étais pas comme ça. Je n'étais pas cette amante sauvage et désinhibée.

Mais si.

Avec un sourire qui fit durcir mes tétons et pulser mon sexe, il plaça une main entre mes seins et me repoussa lentement jusqu'à ce que mon dos soit collé au carrelage lisse qui entourait la baignoire. Je m'étais attendue à avoir froid, mais des serviettes épaisses et douces étaient étalées par terre, et je réalisai qu'il avait tout prévu depuis le début. Qu'il avait pensé à mon confort, alors même qu'il...

— Oh, la vache.

Les mots avaient quitté mes lèvres lorsque sa bouche s'était refermée sur mon clitoris. Pas de lente séduction, pas de montée en puissance progressive ou de petits baisers. Il m'aspira dans sa bouche comme si j'étais un bonbon, son grognement et ses mains tremblantes la preuve qu'il en avait envie. Qu'il avait envie de moi.

La bouche sur mon clitoris, la langue s'agitant sur mon bouton sensible, il glissa profondément un doigt en moi, m'emplissant, et j'arrêtai de l'admirer. Ma tête se renversa en arrière sur les serviettes et je cambrai le dos, levant les hanches, les doigts enfoncés dans ses cheveux, en le suppliant silencieusement de m'en donner plus.

Il maniait mon corps comme un expert, et j'abandonnai toute maîtrise de moi-même alors que le monde explosait encore et encore, mon sexe contracté sur son doigt comme un poing, les contractions musculaires me faisant sangloter, puis supplier, puis crier. C'était trop. Trop intense, les émotions qui me parcouraient le corps étaient trop puissantes. Mes oreilles tintaient, des couleurs dansaient derrière mes paupières fermées.

Quand je m'arrêtais enfin, tremblante et épuisée, ma voix rauque d'avoir tant crié, il retira son doigt, m'embrassa le clitoris une dernière fois avec douceur et me prit dans ses bras pour me remettre dans l'eau. Il me serrait contre lui, comme si je l'empêchais d'être entraîné par le courant. Son sourire était plein d'une satisfaction toute masculine, mais ses yeux conte-naient autre chose. Quelque chose de tendre et de vrai, que je n'avais encore jamais vu. Je n'arrivais pas à détourner les yeux.

— Gage, murmurai-je.

Il m'ordonna de me taire avec douceur et posa ses lèvres sur les miennes, le goût épicé de mon excitation sur sa langue réveillant mon désir. Mon sentiment de satiété hébété s'envola, remplacé par de l'*avidité*. J'ignorais si c'était l'Everienne en moi qui se réveillait, la Chasseresse en manque de son compagnon, mais j'avais besoin de connaître son véritable goût. J'avais besoin de le conquérir comme il m'avait conquise.

Je nous fis tourner dans la baignoire, et il me laissa l'em-brasser. Je le dévorai, le pressant en arrière jusqu'à ce qu'il se retrouve là où j'avais été quelques instants plus tôt, le dos collé à la paroi.

— Dehors, Gage. C'est à mon tour.

Il ne dit pas un mot, mais le désir dans ses yeux était pur et viril alors qu'il se hissait pour s'asseoir sur le rebord de l'énorme baignoire. Il ne s'allongea pas en arrière, et je lui en fus reconnaissante. L'eau qui coulait sur son torse en béton et ses abdominaux ciselés me donnait envie de parcourir le même chemin avec ma langue. Alors je m'approchai, et c'est exactement ce que je fis.

Je me mis à genoux pour l'embrasser une dernière fois, avant de suivre une goutte d'eau le long de son cou, de sa clavicule. De sa poitrine. Je m'y attardai, goûtai un téton dressé. L'odeur musquée d'un homme, de *mon* homme, m'emplit la tête, me donna le vertige. Ces sens de chasseresse étaient plus forts que tout. Puissants.

C'était le paradis.

Tout mon être fut empli de son essence. Je l'aspirai dans mes poumons. Mon regard s'attarda sur chaque centimètre carré pour s'assurer que la baguette ReGen n'avait pas raté la moindre contusion ou égratignure. Je me souvenais d'une brûlure particulièrement grave et d'ecchymoses noires sur ses côtes. Ma main parcourut les contours de son corps, l'examinant alors que ses yeux suivaient les miens.

— Je suis guéri, compagne.

— Chut.

C'était à mon tour de m'occuper de lui. De m'inquiéter. De me rassurer en constatant qu'il était sain et sauf. En un seul morceau. Mien. J'embrassai la zone où s'était trouvée la blessure, encore et encore, lui disant sans un mot à quel point il était important pour moi. Il poussa un gémissement, et ses mains vinrent s'enfoncer dans mes cheveux mouillés, pas pour me presser, mais pour nous lier, pour reconnaître le don que je lui faisais.

Une fois prête, je descendis le long de son ventre, admirant chaque centimètre carré de ce Chasseur d'Élite et de son corps musclé. Il était trop beau pour être vrai. Et surtout, trop beau pour être mien. Mais je n'allais pas argumenter avec le destin, ou avec le protocole de la Gardienne Égara, pas maintenant. Pas avec son gland à quelques centimètres de mes lèvres.

J'en léchai le bout, la goutte de liquide pré-séminal qui y brillait. Elle était à moi, elle aussi. Il était à moi. Tout entier.

— Dani.

Mon nom était une imploration, et j'étais impatiente de donner à mon compagnon ce dont il avait besoin.

Comme lui, je ne fus pas douce. Je l'avalai, le pris dans ma bouche avec une agressivité qui me surprit. Mais son gémissement, le mouvement de ses hanches, ses doigts qui se serrèrent sur mes cheveux, me confirmèrent qu'il était désormais sous ma coupe. Mien, comme dans le dernier rêve que nous avions partagé.

J'entourai la base de son membre avec ma main et le caressai avec ma bouche. Mes lèvres. Je le suçai, le léchai. Le goûtai. Il était comme de l'acier couvert de soie. Imposant. Dur. Je consacrai une seconde à imaginer la sensation de son sexe entre mes fesses. En train d'étirer mon vagin. Cette idée même me contractait le sexe, rendait mes seins lourds, me faisait respirer plus vite. Je venais de jouir, et pourtant, je le désirais encore. J'en voulais plus.

Seigneur, son goût était parfait. Sauvage, musqué et très viril.

Je le pris profondément et levai ma main libre pour passer de ses cuisses à ses bourses, que je caressai. Je les revendiquais elles aussi. Elles m'appartenaient. Sa semence m'appartenait. Je porterais son enfant. Je serais toute sa vie.

Mon nom passa ses lèvres, ses mains s'enfoncèrent dans mes cheveux et me maintinrent alors qu'il jouissait, sa semence épicée, différente. À moi. Je l'avalai, jusqu'à la dernière goutte.

Épuisé, il se laissa de nouveau glisser dans l'eau et me prit dans ses bras. Il me garda là pendant un long moment, sans que nous prononcions le moindre mot alors que sa respiration s'apaisait, que son rythme cardiaque ralentissait. Nous n'avions pas besoin de parler.

Quand je fus toute fripée, il me souleva de la baignoire et me sécha avant de s'occuper de lui. Il continua sur la même lancée alors que nous nous préparions à aller au lit. Il s'assura que je me brosse les dents. Il me regarda brosser et tresser mes cheveux. Quand je lui demandai un pyjama, il fronça les sourcils et refusa, puis me dit que nous dormirions toujours peau contre peau.

Cela m'allait très bien.

Et quand il se blottit contre moi, chaque muscle de son corps pressé contre moi, et que nous nous glissâmes dans les bras de Morphée, pour une fois, je n'éprouvai pas le besoin de rêver.

age

LE LIT ÉTAIT MOELLEUX, les draps frais et doux, l'oreiller comme un nuage. Le soleil brillait et j'étais si content d'être...

Dani !

Mon bras glissa sur l'espace vide où elle s'était trouvée toute la nuit. Mes sens de Chasseur étaient en alerte. Elle avait disparu. Je bondis hors du lit, jetai un œil dans la salle de bains. Vide. Je me retournai et arrachai pratiquement la porte de la chambre de ses gonds avant de parcourir le long couloir de la maison de Bryn à toutes jambes.

— Dani ! m'écriai-je en courant.

Mes pieds claquaient contre le bois frais, contre la moquette douce. Je sortis du couloir et m'arrêtai, glissant pratiquement sur le seuil de la pièce principale de la demeure. Une unité de communication se trouvait sur le mur, et un grand salon faisait face à l'écran. Je reconnus la chaîne d'informations officielle qui était allumée, la présentatrice éverienne belle, intelligente et respectée, mais je n'avais d'yeux que pour Dani.

Elle était là. J'avais le cœur serré, la respiration saccadée. Ma marque me lançait. Elle était proche. Si je n'avais pas paniqué, je l'aurais sentie, j'aurais su qu'elle était là.

Dani, Lexi et Katie étaient toutes assises sur un grand canapé, le dos tourné, à regarder les informations. Elles tournèrent brusquement la tête en entendant mes cris et mon entrée fracassante. Kate et Lexi me regardaient avec des yeux écarquillés, bouche bée.

Dani se tourna et se retrouva à genoux sur le canapé, les coudes posés sur le dossier. Ses cheveux étaient lâchés sur ses épaules, et je me rappelai ce que ça faisait d'emmêler mes doigts dedans. Elle portait un chemisier bleu pâle au col haut et aux manches longues. Elle était bien couverte, mais je devinais ses courbes menues. Je savais ce qui se trouvait en dessous. Ses petits seins hauts, ses tétons rose clair. Sa peau veloutée.

— Euh, Gage, ça va ?

Je posai les mains sur mes hanches, baissai les yeux et pris un moment pour me calmer. C'est alors que je réalisai que j'étais complètement nu.

— Quelle horreur, dis-je.

— Non, la vue est plutôt pas mal, dit l'humaine appelée Katie par-dessus son épaule d'une voix chantante que je ne trouvai pas drôle du tout.

Dani éclata de rire et lui jeta l'un des petits coussins à la tête.

— Hé, un peu de retenue.

Katie gloussa.

— Bryn n'aimerait pas que j'aie de la retenue.

— C'est vrai, intervint Lexi, mais elle ne quitta pas l'écran des yeux alors que ses amies riaient.

Les yeux rieurs de Dani rencontrèrent les miens, et l'amour

que j'y vis me coupa le souffle. Personne ne m'avait jamais regardé ainsi.

Avec un sourire, je tournai les talons et regagnai la chambre pour m'habiller. Je ne m'étais encore jamais comporté de façon aussi irrationnelle. Impulsive. Folle.

Tout ça à cause d'elle. Je connaissais son odeur, son goût, les sons qu'elle produisait lorsqu'elle jouissait. Le reste, j'aurais toute notre vie pour le découvrir.

Mais je me demandais si je me calmerais un jour, si je surmonterais ce sentiment de panique lorsqu'elle n'était pas là.

J'en doutais. Je regardai autour de moi, tentai de me rappeler où se trouvaient mes vêtements, avant de me souvenir que je n'en avais pas. À part l'uniforme déchiqueté que je portais dans la grotte.

— Merde.

Je me dirigeai vers le lit à grands pas, pris le drap, le passai autour de ma taille, et retournai dans le couloir en repoussant le long tissu qui se mettait en travers de mon chemin.

— Dani ! lançai-je à nouveau.

Cette fois, elle me retrouva au bout du couloir. Elle se tenait devant moi – je m'aperçus qu'elle portait un pantalon noir retroussé aux chevilles – avec un sourire au visage qu'elle ne faisait pas beaucoup d'efforts pour camoufler.

— Je n'ai pas de vêtements, grognai-je.

— Qu'est-ce que tu es ronchon au réveil ! Tu n'es pas du matin, hein ?

— L'heure qu'il est n'a pas d'importance, quand ma compagne n'est pas au lit avec moi.

Elle fit claquer sa langue et se mit sur la pointe des pieds pour m'embrasser. Elle était tellement plus petite que moi que je dus me pencher pour aller à la rencontre de ses lèvres.

Je gémis et passai les bras autour d'elle, l'attirant à moi pour un vrai baiser. Pas un petit bisou de rien du tout.

Je ne m'arrêtai pas, ne levai pas la tête avant d'entendre Von grogner :

— Va t'habiller, bon sang.

Je sentis Dani sourire alors qu'elle reculait.

— Euh, Gage, tu es à nouveau nu.

— Je m'en fiche. Tu es dans mes bras.

— Moi, je ne m'en fiche pas, gronda Bryn. Je n'ai pas envie que ma compagne voie ta queue.

Je poussai un soupir et reposai Dani, avant de ramasser le drap que j'avais laissé tomber sur le sol et de m'en envelopper à nouveau.

— Ce n'est pas de ma faute si ta queue ne lui suffit pas, dis-je.

Bryn éclata de rire.

— Sympa, dit-il d'un ton sarcastique. Suis-moi. Je vais te trouver des vêtements.

Je saisis le menton de Dani, et elle hocha la tête.

— Je serai juste là, dit-elle.

— Où as-tu trouvé ces vêtements ? lui demandai-je en balayant son corps des yeux.

— Ils sont à Katie. Un peu grands, mais au moins, je ne suis pas toute nue.

Je poussai un grognement grave et rauque à l'idée que Von et Bryn puissent la voir nue. Qu'ils voient ce qui m'appartenait.

— Gage, dit Bryn pour que je le suive.

Avec un dernier regard à Dani, je tournai les talons et suivis le Chasseur dans un labyrinthe de couloirs jusqu'à la chambre principale. Je restai sur le seuil alors qu'il entrait dans son placard et qu'il en ressortait avec une poignée de vêtements.

Je laissai tomber mon drap et m'habillai. Cette fois, Bryn ne se plaignit pas. Il se contenta de s'appuyer au mur et de demander :

— Qui est responsable, à ton avis ?

Je savais de quoi il parlait.

— Aucune idée, dis-je en tirant sur le pantalon, conscient que vu que je ne portais pas de sous-vêtements, Bryn ne voudrait pas le récupérer. L'un de mes proches a dû lui dire où me trouver. Quelqu'un de l'intérieur. Sans doute un membre de l'équipe de sécurité, mais ça fait beaucoup de suspects. L'un d'entre nous.

Le pantalon m'allait bien, et je l'ajustai sur mes hanches alors que Bryn soupirait.

— On cherche un Chasseur d'Élite, dit-il. Un Chasseur affecté à la protection des Sept. Si tu as raison, ce ne sera pas une cible facile.

— Non, c'est sûr.

Le silence s'éternisa alors que mon esprit faisait la liste des suspects potentiels. Les nouveaux gardes. Les anciens. Des hommes que je connaissais depuis des années, à qui je faisais confiance. Aucun n'était au-dessus de tout soupçon, pas alors que je devais protéger Dani.

Bryn s'éclaircit la gorge.

— Sans vouloir te vexer, je ne fais pas très attention à la politique. À qui profiterait ta disparition ? En tant que prince, le dernier de ta lignée, ta mort changerait complètement l'équilibre politique au sein des Sept. Une lutte de pouvoir énorme se jouerait pour revendiquer ta place. J'imagine que tu as des ennemis.

— Beaucoup.

La liste était longue, en effet. Certaines rivalités familiales remontaient à des siècles, mais il n'y avait jamais eu de meurtres. À ma connaissance, personne ne s'était abaissé à assassiner un membre des familles royales, pas depuis des siècles.

— Alors, qui aurait à y gagner, si tu mourais ?

Je haussai les épaules. J'avais passé des heures dans une grotte sombre et glaciale à ne penser qu'à ça.

— Je suis le dernier de ma lignée. Le seul héritier. Si je

mourais, comme tu l'as dit, une lutte des pouvoirs aurait lieu. Plusieurs familles seraient en position de revendiquer le siège de ma famille au conseil des Sept.

— Et ta sœur ? Elle ne peut pas hériter de ton siège ?

— Non. Rayla est ma sœur par alliance, pas par le sang. Sa mère, Mauve, a épousé mon père quand Rayla et moi étions très jeunes.

— Bon, ça ne nous avance pas beaucoup, marmonna-t-il. Est-ce que tu peux faire confiance à qui que ce soit ?

Je secouai la tête, certain que son expression était aussi sombre que la mienne.

— Danielle. Mauve et Rayla. Et à présent, toi. Von. Vos compagnes. Personne d'autre.

— La liste est courte.

— Tant pis.

Je pensai à Dani, à ses cheveux dorés et à sa peau douce, et quelque chose de sombre et de sauvage s'éleva en moi, grognant face à ce qui la menaçait.

— Et l'idée que ma compagne soit en danger ne me plaît pas, ajoutai-je. Mais l'ascension m'attend dans quelques jours. Selon la loi éverienne, la cérémonie doit avoir lieu, sans quoi je n'aurai plus aucun droit dessus. Dani doit rester ici, en sécurité, jusqu'à ce que cette affaire soit résolue. Je n'ai pas envie d'être séparé d'elle, mais j'ai beau être son Compagnon Marqué, je suis aussi un prince. J'ai des devoirs envers mon peuple.

Le rire de Bryn me fit lever le menton, et je lui jetai un regard noir, ce qui ne fit qu'accentuer son sourire.

— Je te plains. Et tu crois vraiment que Dani restera ici ? Elle a réussi à s'enfuir de la Pierre Angulaire, Gage. Elle a pris de la nourriture et des armes, des vêtements et de l'équipement, et aucun d'entre nous n'a réussi à la traquer. Elle est passée par les bouches d'aération et a laissé ses vêtements partout dans le bâtiment pour que sa trace apparaisse un peu partout. Si tu crois pouvoir la garder ici, tu te trompes. Elle a été plus maligne qu'un bâtiment entier de Chasseurs d'Élite. Tu n'arriveras pas à la forcer à rester où que ce soit si elle n'en a pas envie. Et vu les cris de plaisir que tu lui as fait pousser toute la nuit, j'en conclus qu'elle voudra être à tes côtés. Ou sous toi.

Il sourit et me tapa sur l'épaule.

Un grondement sombre s'éleva dans ma poitrine. Une fierté féroce et une peur profonde à l'idée qu'elle prenne de tels risques.

— Je ne veux pas qu'elle soit en danger. Ce n'est pas acceptable.

Bryn croisa les bras.

— Je comprends. Je ne voulais pas que Katie me suive sur Rogue 5, mais elle l'a fait quand même. Et elle m'a sauvé, au final.

— Non.

L'idée que Dani, ma Dani, soit en danger était inacceptable.

— Et nous reparlerons de ton manquement au protocole sur Rogue 5 devant les Sept à mon retour, ajoutai-je.

Il secoua lentement la tête en croisant les bras sur la poitrine.

— Tu veux être intransigeant jusqu'au bout, Gage ? Va en parler à Katie, et tu verras où ça te mènera.

— Tu ne nies pas avoir enfreint le protocole ? Avoir mis ta compagne en danger ?

Bryn eut le bon goût de prendre un air compatissant))alors qu'il s'avançait vers moi et me posait une main sur l'épaule.

— Ce sont des femmes terriennes. Des Compagnes Marquées. Elles sont différentes. Tu peux me croire. Tu ne gagneras pas cette bataille. Dani te suivra, c'est sûr. Elle a du sang de Chasseur. Elle t'a traqué alors que personne n'y arrivait. Il vaut mieux que tu la gardes à tes côtés, là où tu pourras veiller sur elle. L'endroit le plus sûr pour elle, c'est avec toi, pas toute seule à te courir après.

L'image qu'il peignait me fit grogner. Dani seule, potentiellement en danger, parce qu'elle insistait pour être à mes côtés et que je m'y refusais. Je pris un instant pour contrôler ma rage, et enfilai une chemise. Bryn et moi faisions à peu près la même taille, et elle m'allait bien.

— J'aimerais l'avoir à mes côtés, admis-je. Mais c'est impossible. Je dois reprendre une existence faite de complots et d'ennemis. J'ai l'habitude de cette pression, de cette attention. Mais pas Dani. Je n'ai pas envie de la montrer au monde entier, de faire d'elle une cible. Pas encore.

— Elle est en sécurité pour l'instant. Je t'assure que cette maison est bien protégée. Je ne ferais rien pour mettre Katie en danger. Mais tu ne peux pas cacher Dani éternellement. Il faut que tu trouves le coupable et que tu l'élimines. Il y en aura peut-être d'autres, mais Dani et toi devez vivre la vie qui vous est destinée.

— Mais Dani...

— Vos marques prouvent qu'elle est destinée à devenir ta princesse. Tu dois la laisser remplir ce rôle. C'est son destin, Gage. Pas seulement le tien. Plus maintenant.

Je savais que ses mots étaient la vérité, mais je ressentais une peur vive à l'idée qu'il lui arrive quelque chose.

— Est-ce que ça se calme ? Ce besoin de la protéger ? De la revendiquer ? lui demandai-je.

Bryn fit un pas en arrière et ses épaules se détendirent. Il eut un sourire en coin.

— Oh, que non. Personne ne fera de mal à Katie. Personne, grogna-t-il. Quant au désir de la revendiquer ? Il ne s'est pas encore apaisé, et ça n'arrivera qu'à ma mort. J'imagine que tu n'as pas encore achevé l'Ordre Sacré des Trois ?

— Pas encore, mais maintenant qu'on est ensemble, je m'attends à ce que la revendication soit conclue avant l'aube.

Je repensai à la façon dont elle avait réagi sous mes doigts, ma bouche, dans la baignoire. Elle était si sensible, si passionnée.

Bryn me sourit, repoussa le mur contre lequel il était adossé, et me donna une tape dans le dos en se plaçant à côté de moi. J'avais enfilé mes chaussettes et j'étais prêt à rejoindre nos compagnes.

— Une nuit ? dit-il. Tu es sûr de vouloir lui laisser aussi longtemps ?

Je ris et le suivis jusqu'à la pièce principale, le cerveau en ébullition à l'idée de la conduire dans la chambre pour revendiquer sa deuxième virginité sur-le-champ. Cela valait peut-être mieux. Achever le rituel, revendiquer son cul aujourd'hui, avant de devoir regagner ma maison de la capitale où tout le monde me convoiterait à nouveau. L'idée de Bryn était logique. Avant de partir, je m'assurerais qu'elle soit à une étape plus proche de m'appartenir pour de bon.

L'exclamation de surprise de Dani interrompit mes pensées lorsque je pénétrai dans le salon. Les trois femmes étaient toutes assises sur le canapé, à regarder l'écran. Le visage qui y était affiché m'était très familier.

— Elle est trop jolie, entendis-je.

Ce n'était pas Dani qui avait parlé, mais Lexi, la compagne de Von.

— Je n'arrive pas à croire qu'ils étaient fiancés.

— C'est sa demi-sœur. C'était une union arrangée.

Dani se tortilla sur le canapé, mais j'entendis le doute dans sa voix alors que Rayla parlait depuis le jardin situé devant ma demeure ancestrale, à demander mon retour d'un ton implorant.

Le grand écran changea pour diffuser des images de moi avec Rayla et sa mère. Ils montrèrent des vidéos encore plus anciennes de moi, avec mon père quand j'étais plus jeune. Voir son visage souriant me fit mal au cœur comme au premier jour. Ce n'était que maintenant que j'avais Dani que je comprenais l'enfer qu'il avait vécu lorsqu'il avait perdu ma mère et qu'il avait dû élever son fils tout seul.

L'écran montra de nouveau la mère de Rayla. Elle avait des rides de fatigue autour des yeux et de la bouche, et elle semblait plus vieille que la dernière fois que je l'avais vue. Épuisée. Pourtant, sa voix était claire et forte alors qu'elle prenait Rayla par la main et proposait d'offrir une récompense pour toute information conduisant à mon retour.

En bas de l'écran était écrit « RÉCOMPENSE POUR LE PRINCE DISPARU » suivi d'un montant faramineux.

— Oh la vache. C'est un prince ? demanda Katie.

— Ça veut dire que t'es une princesse ? ajouta immédiatement Lexi.

J'attendis, sentant un malaise qui ne me plaisait pas chez ma compagne. Elle regardait Rayla et sa mère. Leurs vêtements étaient d'excellence qualité, leurs cheveux parfaitement coiffés, et des bijoux dignes de leur rang social en tant que membres de la famille ornaient leurs cous. Elles étaient belles et élégantes, contrastant avec la petite sauvageonne aux vêtements prêtés, aux lèvres toujours rouges de mes baisers et aux cheveux ébouriffés que j'avais hâte de toucher.

Elle se lécha les lèvres et prit une grande inspiration.

— C'est dingue, hein ? Moi ! Une princesse. Je ne ressemblerai jamais à *ça*.

Les mots qu'elle avait murmurés ressemblaient à un aveu profondément personnel, et il y avait de la tristesse dans ses mots. De la résignation.

— Compagne, dis-je d'une voix grave et claire.

Les trois femmes tournèrent brusquement la tête pour le regarder.

— Est-ce qu'il faut que je te donne une fessée pour que tu te souviennes que tu es celle que je veux ? Celle que ma marque appelle ? Celle dont la marque prouve qu'elle est la princesse née pour le devenir ? La plus belle femme que j'aie jamais vue ? La seule femme de la planète que je désirerai jamais ?

Je m'avançai lentement vers elle et plaçai mes doigts sous son menton pour lui soulever tendrement le visage et croiser son regard.

— La femme dont j'ai goûté la chatte hier soir, et que j'ai hâte de regoûter ?

age

Elle poussa une exclamation et devint toute rouge alors que ses amies éclataient de rire. Bryn me donna une tape sur l'épaule en passant à côté de moi. Je lâchai ma compagne, mais pas avant de m'être assuré qu'elle avait vu mon regard plein de promesses. *Plus tard,* songeai-je. *Nous terminerons cette conversation quand ma queue sera profondément enfoncée en toi et que tu ne douteras plus du fait que tu m'appartiens.*

— Tu vois cet homme à côté de Rayla ? lui dis-je en montrant l'écran du doigt.

— Il y en a trois. Lequel ? demanda Lexi.

— Les deux bruns, Geoffrey et Thomar, sont les gardes du corps de confiance de ma mère. Ils servaient mon père avant sa mort. Désormais, ils servent Rayla.

Lexi et ses deux amies hochèrent la tête, et je poursuivis :

— Vous voyez l'homme aux cheveux blonds, debout juste derrière ma sœur, son corps placé entre elle et les autres ?

— Oui, dit Dani en acquiesçant.

— C'est Elon. C'est le chef de l'équipe de sécurité personnelle de Rayla, et c'est l'homme qu'elle aime. Je peux vous assurer qu'elle n'a d'yeux que pour lui. Surtout qu'il a sans doute revendiqué sa première virginité, depuis le temps, et qu'il a dû goûter à sa chatte et l'a poussée à le supplier de la laisser jouir.

Dani se redressa et bondit par-dessus le dossier du canapé avec la grâce d'un véritable Chasseur, avant de me plaquer une main sur la bouche.

— Arrête de parler de goûter des chattes.

Je souris contre ses doigts, puis l'enlaçai et la soulevai dans mes bras pour la porter jusqu'au grand fauteuil à l'air confortable où je me laissai tomber, Dani installée sur mes genoux.

— Il n'y a qu'une chatte qui m'intéresse, compagne. La tienne.

Elle s'empourpra davantage.

— Si elle est amoureuse de cet Elon, pourquoi est-ce que sa mère n'arrête pas de dire que vous êtes fiancés ? me demanda Katie en haussant un sourcil.

Bryn appuya une hanche sur le dossier du canapé juste derrière elle, m'avertissant de choisir mes prochains mots avec prudence, malgré le ton irrespectueux de sa compagne. Bryn avait raison. Ces terriennes suivaient des règles que je ne connaissais pas encore.

Mais j'apprendrais. Mes bras se resserrèrent autour de Dani.

— Nous sommes fiancés depuis deux ans, admis-je. Comme je n'avais pas de Compagne Marquée, cette union était politique et visait à renforcer le statut et la richesse de nos deux familles. Mais quand ma marque s'est éveillée, et que j'ai partagé mon premier rêve avec Danielle, j'ai dit la vérité à

Rayla. Je ne lui aurais jamais caché une telle chose. Ce n'aurait pas été juste, ni gentil. Je ne voulais pas que ce mensonge plane sur moi alors que je me rendais sur la Pierre Angulaire pour revendiquer ma Compagne Marquée.

L'épaule de Dani se coinça sous mon menton et elle frotta sa tête contre moi cherchant du réconfort alors que son amie Lexi me posait une question :

— Tu lui as brisé le cœur ?

— Pas du tout.

Je levai le visage de Dani vers le mien et déposai un baiser chaste sur ses lèvres, mon regard plongé dans le sien.

— Elle m'a confié que son cœur appartenait à un autre, à Elon. Elle était ravie d'apprendre que Danielle existait, qu'elle ne serait plus obligée de se fiancer à moi. Et j'étais tout aussi ravi qu'elle.

Le rougissement de Dani et la tendresse qu'elle dégageait étaient une récompense plus que suffisante pour ma confession. Elle sourit avec timidité.

— Je suis... Je suis désolée. J'ignorais que je pouvais être aussi... jalouse. Je ne sais pas beaucoup de choses de toi. Et ils ne parlent pas d'Elon, ils parlent de *toi*. De tes fiançailles à une autre. Ta belle-mère est au courant pour moi ?

— Ici, sur Everis, le terme belle-mère n'existe pas. Quand mon père l'a épousée, elle est devenue ma mère, même si elle ne m'a pas donné naissance. Mais oui. Bien sûr que je lui ai parlé de toi, que je lui ai dit que je me rendais sur la Pierre Angulaire pour te revendiquer.

— Alors pourquoi est-ce qu'elle parle de Rayla et toi comme si c'était déjà fait ? demanda Lexi. Et ce Geoffrey, là, il te ressemble beaucoup, surtout quand il fronce les sourcils comme ça.

Je ris en regardant Geoffrey. Ce n'était pas la première fois que quelqu'un trouvait des ressemblances entre un Chasseur et un membre de l'une des familles royales, mais il était né dans ma ville d'origine. Nous avions tous les deux les cheveux noirs et les yeux bleus, mais la ressemblance s'arrêtait là, à part pour notre froncement de sourcil, dont j'étais assez fier. En tant que Chasseurs, avoir l'air féroce faisait partie du travail. L'autre question de Lexi, cependant, me troublait, et j'examinai l'écran pour passer en revue les explications possibles à donner à ma compagne. Mais Von me sauva en répondant à ma place. Il avait observé toute la scène en silence depuis le seuil.

— C'est logique. Le public sera plus touché si c'est une jeune et jolie princesse qui demande le retour de son grand amour.

Dani hocha la tête et regarda de nouveau l'écran, mais je sentais ses muscles crispés. Elle n'était pas contente que je sois fiancé à une autre femme, même si c'était seulement pour des raisons d'image et de politique.

— C'est vrai, dit-elle. Elle a l'air dévastée.

En effet, Rayla n'avait pas l'air en forme. Son teint d'ordinaire si lumineux était pâle, et elle avait des cernes sous les yeux. Ses iris verts étaient cerclés de rouge et pas de blanc, et ses paupières étaient gonflées comme si elle avait passé de nombreuses heures à pleurer.

— Elle m'aime, parce que je suis *son frère*, dis-je en insistant sur les derniers mots pour montrer à Dani que je ne voulais qu'elle.

Katie poussa un petit grognement amusé, un son étonnamment cynique de la part d'une femme.

— Ouais, eh ben, cette récompense astronomique sera beaucoup plus motivante pour les gens que le discours mièvre d'une princesse trop gâtée, dit-elle. Vous pouvez me croire.

— Tu es trop pessimiste, rétorqua Lexi.

— Je suis réaliste, ma belle. Tu devrais essayer, des fois. Arrête d'avoir la tête dans les nuages, dit Katie avec un sourire suggestif. Traîne-toi dans la dure réalité avec nous.

— Ne t'avise pas de faire ça, dit Von en s'emparant de la

bouche de Lexi dans un baiser qui fit soupirer Dani et qui me donna une érection avant même qu'il ait terminé. Je t'aime comme tu es.

Le sourire de Lexi était aveuglant, confiant, complètement dénué de malice, et je dus détourner les yeux, mis mal à l'aise par cette démonstration de dévotion sans bornes. Dani était mienne. Sans aucun doute. Mais elle ne me regardait pas comme ça – avec un amour et une confiance absolus. Pas encore, et j'étais surpris de désirer qu'elle me regarde ainsi avec autant d'avidité. Je baissai les yeux sur ma compagne, et dis :

— Tu souhaites me connaître et tu me connaîtras. En images.

Je lui montrai de nouveau l'écran, où se tenaient toujours Rayla et ma mère.

— Ça, c'est Mauve. Ma mère. Ou ma belle-mère, comme vous dites sur Terre.

Elle avait le port plein de noblesse d'un membre de l'une des familles royales. Elle descendait en effet des Sept. C'était une cousine éloignée d'un autre membre du Conseil, mais elle était toujours traitée comme une aristocrate, surtout depuis qu'elle avait épousé mon père. Elle n'était pas née avec le rôle de princesse, mais elle s'y était totalement dévouée lors des années qu'elle avait passées avec mon père. Elle aimait le statut, la célébrité, le pouvoir qui accompagnaient cette fonction plus que moi. Le fait qu'elle et mon père m'aient dit que leur mariage était politique et non pas basé sur l'amour m'avait empêché de la voir comme une vraie mère, même si elle s'était donné du mal pour remplir ce rôle au cours des ans. Elle avait vraiment fait des efforts. Mais j'avais été jeune et entêté, et trop arrogant pour l'accepter comme une véritable mère.

— Elles te pensent toujours disparu, dit Bryn.

Il s'assit à côté de Katie, la serra contre lui et posa les jambes de sa compagne sur ses genoux.

— Même si on ne sait toujours pas qui sont tes ravisseurs,

ajouta Bryn.

Dani se raidit.

— Il faut que tu les préviennes. Mauve et Rayla doivent être folles d'inquiétude, dit-elle en me montrant l'écran. Regarde-les.

— Ta sœur a l'air d'être sur le point de s'écrouler, renchérit Lexi. La pauvre.

— Quand même, un petit coup de fil, et on est riches. Ça ne fera de mal à personne, dit Katie.

Ses mots étaient menaçants, mais ses yeux bleus étaient rieurs.

Bryn la fit taire d'un baiser.

— Je suis déjà riche, compagne. Tu ne manques de rien. Surveille tes manières. Et n'oublie pas que la personne qui a enlevé Gage court toujours.

— Ouais, pétasse, dit Lexi. Notre meilleure copine est sur le point de devenir une princesse. Tu ferais bien d'apprendre les bonnes manières.

— Ce serait pas drôle, répondit Katie.

— Qui est-ce que tu traites de pétasse ? En tant que prin-cesse, je te jetterai au cachot, femme.

Dani rit et je me détendis en réalisant que ses amies la taquinaient. Non, qu'elles nous taquinaient, tous les deux.

C'était une expérience qui ne m'était pas familière, mais plutôt agréable.

Dani leva les yeux vers moi.

— On a bien un cachot, hein ?

Je ravalai mon sourire pour prendre un air grave.

— Avec une fosse aux serpents et des rongeurs répugnants pour la manger vivante si elle ose te menacer à nouveau.

— Beurk, dit Lexi en prenant Von par la main.

Katie rejeta la tête en arrière et un éclat de rire joyeux emplit la pièce. Vas-y, envoie, *Majesté*.

Ma compagne se réinstalla dans mes bras, toujours

souriante, mais un peu inquiète alors qu'elle retournait son attention sur le visage plein de larmes de ma sœur à l'écran.

— Eh bien, monsieur le maître du cachot, on ferait bien de découvrir qui c'est, parce que je ne pense pas que ta sœur tiendra très longtemps comme ça.

— Non, tu as raison.

Nous regardâmes en silence jusqu'à la fin du reportage et le retour des autres bulletins d'information. Des nouvelles du front de la guerre avec la Ruche. Un rapport sur les récoltes de la lune Seladon.

La vie. J'aurais pu mourir dans cette grotte, et rien n'aurait changé. L'univers aurait continué d'avancer. Le temps ne s'arrêtait pour personne, pas même pour un prince.

C'était une leçon d'humilité, mais cela me faisait également réaliser à quel point la vie m'était précieuse à présent que j'avais Dani dans mes bras. Elle m'offrait un avenir plus radieux que tout ce que j'aurais pu oser imaginer. Trouver sa Compagne Marquée était rare. C'était un don des dieux, un don pour lequel j'étais prêt à mourir.

— Il faut que je dise à ma famille que je vais bien. Je ne veux pas qu'ils souffrent. Je dois le faire en personne, à mon retour au palais.

Dani se raidit et recula pour me regarder. Un orage couvait dans ses yeux bleus.

— Quoi ? Comment ça, à *ton* retour au palais ?

Je pris son visage dans mes mains.

— Je pars bientôt. Ce soir. La cérémonie de l'ascension est proche.

Je baissai les yeux sur ma compagne, qui se mordait la lèvre pour ne pas m'interrompre. Je trouvais ce geste absolument adorable. Charmant. Je l'embrassai, et ajoutai :

— Après la cérémonie, tu me suivras dans le palais, et nous annoncerons notre accouplement au monde.

— Mais tu ne sais pas qui a essayé de te tuer, dit Dani. Ça

pourrait être n'importe qui, même les gardes royaux.

Bryn leva les yeux vers Von, qui hocha la tête.

— Je peux appeler les Chasseurs de l'avant-poste de Feris 5. Nous y avons cinquante Chasseurs, des hommes qui se sont battus à nos côtés pendant les guerres de la Ruche. Des hommes de confiance. J'irai les voir et j'en apporterai une douzaine, qui t'escorteront jusqu'au palais. Ça ne devrait pas prendre longtemps.

— Pour l'escorter ? demanda Katie. Pour nous escorter, tu veux dire. Nous tous. Je refuse de rater le moment où ma meilleure copine deviendra princesse.

Elle haussa un sourcil et jeta un regard à Dani, un grand sourire aux lèvres. Mais c'est à moi qu'elle s'adressa ensuite :

— Et si tu crois que ta nouvelle compagne va rester assise là comme un gentil toutou pendant que tu pars affronter tes ennemis, tu ne connais pas très bien les terriennes, *Majesté*.

Personne ne m'avait jamais parlé sur un ton pareil, pas depuis les remontrances de mes tuteurs quand j'étais enfant. Mais Dani était d'accord avec elle, et Bryn m'adressa un regard lourd de sens. Les compagnes terriennes étaient des créatures têtues. Il m'avait prévenu, je ne pouvais pas dire le contraire.

— Danielle, je ne crois pas que...

Elle leva la main.

— Pas de *Danielle* avec moi. Tais-toi. Je ne resterai pas ici. Hors de question.

— La capitale n'est pas sûre.

— Aucun endroit n'est sûr, Gage.

Je poussai un soupir, regrettant que cela soit nécessaire, mais je devais faire tout mon possible pour que Dani soit en sécurité.

— Je donnerai l'ordre de te confiner dans ta chambre, compagne. Ce n'est que pour quelques jours.

— Je serai partie dans quelques heures, Gage. Et quand je te mettrai la main dessus, je ne serai pas contente du tout.

— Dani, je t'en prie, sois raisonnable.

Elle leva la main en me présentant sa marque.

— Je t'ai trouvé. Je t'ai sauvé. Je me suis échappée de la Pierre Angulaire sous le nez des Chasseurs d'Élite. Je suis une Chasseresse. Fais-toi à l'idée, parce que sinon, on va avoir un problème, bébé.

Bébé ?

— Nous affecterons des hommes à sa sécurité, dit Von. Je me sentirais rassuré si nos compagnes sont avec nous.

— Là où on pourra les tenir à l'œil, ajouta Bryn.

Il échangea un regard avec Katie, et je sus qu'il était lourd de l'histoire qu'ils avaient partagée. D'après ce que j'avais entendu sur leur expédition sur Rogue 5, je n'osais presque pas poser de questions.

— Bon, d'accord, dis-je.

Nous irions tous ensemble. Lexi n'avait rien dit, mais je savais qu'elle serait intervenue si Katie ne l'avait pas fait. Von n'avait pas d'autre choix que d'amener assez de gardes pour nous protéger tous. Et je devais admettre que j'étais rassuré à l'idée d'avoir Dani sous les yeux. Souvent, avec un peu de chance. Et nue.

— Oui !

Dani leva le poing en l'air et sourit. Sa réaction me fit plaisir, un peu trop simplement.

Serait-ce mon destin, à présent, de me plier aux moindres volontés de ma compagne terrienne ?

Je regardai Dani, l'étincelle de bonheur dans ses yeux bleus et je réalisai que oui, j'étais complètement fichu.

— Nous partirons tous une fois que Von aura rassemblé une équipe de gardes de confiance.

Nous nous étions tous mis d'accord, mais j'avais remarqué au ton de Von qu'il n'était pas aussi enthousiaste que sa compagne. Mais d'après ce qu'il m'avait dit, nous n'avions pas le choix. Si Dani pouvait s'échapper de cet endroit et me suivre jusqu'à la capitale, Lexi et Katie l'accompagneraient sans doute. Et la perspective qu'elles se baladent sans protection était inacceptable.

Les réserves de Von me rassuraient. Ensemble, nous serions capables de protéger nos compagnes, mais je serais rassuré quand il aurait fait venir son bataillon de Chasseurs de confiance, des hommes qui n'auraient aucune raison de me trahir. J'effectuerais l'ascension, prendrais la place de ma famille au conseil des Sept, et monterais sur le trône, d'une certaine façon.

Et la personne qui avait mis ma vie en péril ? Elle serait découverte et éliminée.

— Merci à tous.

J'étais sincère. Sans leur aide, j'ignorais où je serais en cet instant. Et j'étais surpris de la confiance que je portais déjà à Von et Bryn, des Chasseurs que je ne connaissais pas, mais dont les compagnes, avec leurs sourires joyeux et leurs yeux brillants, avaient assuré la probité mieux qu'une dizaine de serments n'auraient pu le faire.

Ils hochèrent tous la tête, et j'entendis l'estomac de Dani gargouiller.

Elle se pencha pour me dire directement à l'oreille :

— Quelqu'un m'a donné faim.

Je me levai, tout en la gardant dans mes bras.

— Vu ce que vous avez fait hier soir, je suis surprise que vous ayez tenu aussi longtemps sans dévaliser la cuisine, dit Katie avec un sourire et un clin d'œil alors qu'elle se levait et nous menait dans la cuisine. Il y a des tonnes de nourriture, ici. Assez pour une petite armée, ce qui tombe bien, vu que Von nous en ramène une.

Dans la cuisine, je reposai Dani et la regardai avec amusement passer en revue les différents ingrédients, avant d'empiler de la nourriture sur son assiette et de s'asseoir à la grande table.

Je l'imitai, remplissant mon assiette des denrées les plus nourrissantes, un mélange de fruits, de viande, de pain et de fromages qui m'aideraient à reprendre les forces que j'avais perdues en captivité et à me donner le plus d'énergie possible pour passer le reste de l'après-midi avec le corps nu de Dani sous le mien.

Il faudrait plusieurs heures à Von pour revenir avec les gardes. Comme nous avions besoin de leur protection pour me ramener chez moi, nous ne pouvions que patienter. En attendant, Dani était toute à moi. Chaque centimètre parfait d'elle. Et j'avais faim de bien plus que de nourriture. Mon sexe me lançait, s'allongeait. Je profiterais de ce moment de paix et de tranquillité avant le chaos de l'ascension et de la menace qui planait toujours, pour me concentrer sur elle. Pour lui montrer à quel point elle comptait pour moi. C'était une princesse, désormais, mais toute nue, elle n'était que ma Compagne Marquée. La *mienne.*

— Mange, compagne, grognai-je. Tu vas avoir besoin d'énergie.

— Pour quoi faire ? demanda-t-elle en s'interrompant, un morceau de pain et de fromage à mi-chemin de sa bouche. On ne va pas simplement traîner jusqu'au retour de Von et Bryn ?

Je laissai toutes mes pensées salaces transparaître dans mes yeux et je secouai la tête.

— Pas de relaxation pour nous. Des cris ? Peut-être. Des draps arrachés ? Tes supplications pour que je te goûte à nouveau ? Pour que j'enfonce ma queue dans ton cul vierge ?

Le bout de pain lui tomba des doigts, droit sur son assiette, et elle le ramassa d'un geste maladroit alors que Katie sortait de la pièce, un sourire entendu au visage. Dani la regarda partir et tourna le visage vers moi.

— Tu es incorrigible.

— Quoi ? Elles savent ce qu'on a fait, ce qu'on *va* faire.

Estime-toi heureuse que je ne jette pas la nourriture par terre pour te prendre sur la table de la cuisine.

Katie revint et passa un bras entre nous pour poser une bouteille sur la table.

— Tenez. Vous allez en avoir besoin. Amusez-vous bien !

Elle éclata de rire et s'éloigna, nous laissant seuls.

De l'huile. Elle nous avait laissé une bouteille d'huile, qui servait de nombreuses choses, y compris à faciliter la sodomie. Je l'appréciais de plus en plus.

— Gage ! murmura Dani, les joues rouge vif.

Elle avait beau être féroce et passionnée, il y avait des moments comme ça où son innocence reprenait le dessus. C'était séduisant et charmant.

Elle resta bouche bée alors que je croisais son regard pâle. Que je le soutenais avec intensité.

— Mange. Je ne voudrais pas que tu perdes toute ton énergie en plein ébat.

Je la regardai déglutir.

— En plein ébat ? Ce n'est pas déjà ce qu'on a fait hier soir ?

Je ne répondis pas. Au lieu de cela, je mangeai, vite et bien, et lui donnai des morceaux choisis de fromage et de viande, ceux qui ne seraient pas trop forts pour son palais terrien. D'après les mets qu'elle avait goûtés puis délaissés, elle ne s'était pas encore habituée à la cuisine éverienne.

Lorsqu'elle ralentit le rythme, passant plus de temps à m'admirer qu'à manger, je sus qu'elle était rassasiée. Ou en tout cas, que son estomac l'était. Quant à sa chatte, je savais qu'elle devait être mouillée à la façon dont elle se trémoussait sur sa chaise, à ses tétons pointus sous le chemisier qu'elle avait emprunté. Elle était aussi pleine de désir que moi.

Le moment était venu. Enfin, je répondis :

— Oui, en plein ébat.

Je pris le bas de son visage dans ma main et passai le pouce sur sa lèvre inférieure.

— Ta première virginité est devenue mienne quand tu m'as pris profondément en bouche, que tu as avalé chaque goutte de ma semence. Le moment est venu de revendiquer ta deuxième virginité sacrée : ton petit cul sexy.

Ses yeux devinrent plus sombres, ses joues rougirent et sa langue rose sortit pour me lécher le bout du pouce.

Le souvenir du goût de sa peau, de sa chatte trempée, m'excita davantage. Je pouvais toujours sentir sa saveur sur ma langue de Chasseur, même après notre repas.

J'aurais voulu que son essence ne s'efface jamais de mes sens.

Pour m'en assurer, je la goûterais souvent. Je la baiserais. Je l'emplirais. Car elle était mienne, et dès que la revendication officielle serait achevée, selon toutes les lois et les coutumes d'Everis, elle deviendrait mienne pour toujours.

Je me levai, saisis la bouteille d'huile et tendis la main.

— Viens, compagne. Je vais te donner du plaisir jusqu'à ce que tu me supplies d'arrêter.

Quand elle me prit la main, je sus que j'avais son consentement, qu'elle désirait ce qui allait suivre, qu'elle adorerait ça.

En souriant, elle plaça sa main dans la mienne avec enthousiasme.

— Tu me le promets ?

Je gémis face à la façon dont elle avait transformé mes mots en quelque chose de charnel.

— Oui, je te promets de te faire jouir encore et encore.

Je la tirai vers moi, la serrai contre moi, absorbai son odeur sucrée, sa chaleur sauvage.

— Jusqu'à ce que tu ne te souviennes plus que de mon nom.

Quand je la collai à mon torse, elle ne résista pas, mais me passa les bras autour du cou et se pelotonna contre moi. L'odeur de son excitation féminine montait jusqu'à moi, me faisant grogner alors que je la portais jusqu'à notre lit.

6

GAGE ME POSA DÉLICATEMENT sur le lit, puis laissa tomber la
bouteille de lubrifiant à côté de moi. Je me mis à genoux pour
la ramasser. Elle était en verre et n'était pas étiquetée, mais son
contenu ne faisait aucun doute.

Katie avait su l'importance de ce lubrifiant. Elle avait été
revendiquée. Je contractai les fesses à cette pensée. J'avais envie
de Gage. J'étais folle de désir pour lui. Mon sexe était trempé
après les simples paroles coquines que nous avions échangées
dans la cuisine.

Mais que son énorme membre m'emplisse... *là*... était une
étape importante.

— Je suis stressée, admis-je.

Gage était en train d'enlever sa chemise, mais il s'interrompit en plein mouvement, puis l'enleva complètement et la
laissa tomber par terre.

— Tu as peur de moi ? me demanda-t-il.

Je me léchai les lèvres alors qu'il ouvrait son pantalon et libérait son sexe énorme. Lui, il était prêt pour l'étape suivante. Les mecs adoraient la sodomie, non ?

Je quittai son érection des yeux et levai le regard sur son ventre plat, les quelques poils de sa poitrine entre ses tétons couleur cannelle, les tendons de son cou, sa mâchoire carrée, ses lèvres pleines, puis sur ses yeux sombres et intenses. Il était si puissant, si fort. Il pourrait me faire du mal. Me briser comme une brindille sans même faire le moindre effort. J'étais minuscule à côté de lui.

— Non. Je n'ai pas peur de toi.

Il s'approcha, tendit les bras, passa le dos d'une main sur ma joue. Je me blottis contre ses doigts, les yeux fermés.

— Alors pourquoi serais-tu stressée ?

Je ris et levai les yeux vers lui.

— Tu es imposant. De partout.

Il sourit, et je sus que j'avais flatté son ego de mâle. Et à la façon dont son sexe pulsait près de mon ventre, je sus que j'avais également flatté son membre.

— Je ne crois pas être prête à te prendre, pas encore. Je suis toute petite, et, enfin, l'idée que tu me prennes par derrière est excitante et tout, mais ma raison ne suit pas.

Il se pencha sur moi et m'embrassa. Avec douceur, tendresse.

— Ah, compagne. C'est ma responsabilité de m'assurer que tu sois prête, que tu m'implores de t'emplir. Si tu ne me supplies pas de le faire, c'est que je n'ai pas rempli ma mission.

Je me détendis légèrement, contente de savoir qu'il prenait les choses en main, qu'il s'assurerait que je sois excitée et dans le bon état d'esprit pour la revendication suivante.

— Commençons par le commencement, dit-il. Je ne peux pas revendiquer quoi que ce soit avec tous ces vêtements.

Je m'agenouillai devant lui et l'aidai à m'enlever tous les vêtements que Katie m'avait prêtés. Je levai les bras pour qu'il m'ôte le chemisier, bougeai les jambes pour qu'il se débarrasse du pantalon. J'étais nue en dessous. Emprunter les vêtements de mon amie n'incluait pas de sous-vêtements.

— J'aime quand tu es nue. J'aime savoir que ta chatte, que ces tétons délicieux, sont juste là, prêts à être touchés, goûtés. Revendiqués.

Ma peau brûlait sous ses mots, sous son regard alors qu'il admirait mon corps nu. Je n'avais pas l'habitude d'être observée avec tant d'attention, mais je me sentais jolie. Belle, même. Je savais qu'il éprouvait des sentiments forts pour moi. Je le sentais quand il me serrait contre moi, quand il caressait ma peau avec ses mains, avec ses lèvres. Mais ça, ses regards torrides, ses promesses charnelles, me donnaient l'impression d'être désirée. *Voulue.*

— Allonge-toi. Sur le ventre.

Je fronçai les sourcils, mais obéis. La douceur des draps sous mon corps était agréable et me permit de me détendre.

— Je suis vierge, mais je n'ai pas l'impression que c'est la position idéale pour ça. Tu n'as pas besoin que je lève les fesses, ou quelque chose comme ça ?

Gage rit avant de fermer les yeux avec un gémissement, comme si je lui avais fait mal. Au bout de quelques instants, quand il sembla s'être repris, il ramassa le lubrifiant, l'ouvrit, s'en versa généreusement dans la main, puis le reposa sur le lit.

— Il va falloir qu'on fasse quelque chose pour ta délicieuse petite bouche, dit-il.

Il frotta ses paumes l'une contre l'autre, puis posa les mains sur mon dos et se mit à me masser de chaque côté de la colonne vertébrale. De façon douce. Apaisante.

— Euh, pourquoi est-ce que tu m'étales du lubrifiant partout ? Tu n'en mets pas sur ta queue, plutôt ?

— Compagne, grogna-t-il. Silence. Tout ce que je veux entendre, c'est tes gémissements et tes cris de plaisir. Ou mon nom. À moins que tu veuilles me dire d'arrêter, aucun autre son ne doit franchir tes lèvres. Ferme les yeux. Donne-moi ton corps. Laisse l'huile – et non le lubrifiant – pénétrer ta peau.

De l'*huile*.

Cela ressemblait effectivement à de l'huile de massage, onctueuse et chaude, permettant aux paumes de Gage de glisser avec aisance sur mes muscles, de les dénouer. Il me faisait un massage. Rien de plus. J'étais nue, mais ses gestes n'étaient pas sexuels. La promesse de plus était bien là, mais il ne faisait rien d'inapproprié. Cela m'allait très bien, et je me détendis sous ses mains, l'esprit apaisé, mon stress oublié.

Mais au bout d'un moment, j'eus envie qu'il me fasse des choses inappropriées. Mes pensées étaient uniquement focalisées sur ses paumes, sur la façon dont il se servait de ses doigts pour me dénouer les muscles, pour glisser le long de ma colonne vertébrale, contre mes côtes. Sur la façon dont il s'approchait des côtés de ma poitrine, tant ses mains étaient grandes, mais sans jamais la toucher.

Je gémis quand il me refusa ce contact. Mes tétons, bien que pressés contre le matelas, étaient durs. Ils désiraient son contact. Ses caresses. Et alors qu'il glissait les mains à la base de mon échine, sur le bombé de mes fesses, j'écartai les jambes, dans l'espoir qu'il comprenne le message et qu'il me touche là.

Mon sexe désirait douloureusement son contact. Sa bouche.

Je gémis et agitai les hanches.

— Tu en veux plus, compagne ? me demanda-t-il.

Il ne m'avait pas parlé depuis le début du massage, s'était contenté de bouger sur le lit pour se placer à côté de moi.

— Ton opération séduction fonctionne. Je ne suis plus stressée.

Ses mains n'arrêtèrent pas leurs mouvements de haut en bas sur mon dos. Si sa carrière de prince tournait court, il pourrait toujours devenir masseur.

— Tant mieux. Mais tu n'es pas encore prête pour ma queue.

Il avait raison. Rien ne m'avait encore touchée à cet endroit-là, et je doutais que qui que ce soit puisse passer de rien à un membre énorme sans avoir fait tourner le moteur avant.

Ses mains s'éloignèrent. Je le regardai verser plus d'huile dans ses paumes et les frotter l'une contre l'autre à nouveau. Alors qu'il était agenouillé à côté de moi, je ne pouvais pas rater la façon dont son sexe jaillissait hors de son pantalon, mais il ne faisait rien pour se soulager. Il avait dû ouvrir la fermeture pour alléger la douleur, tant son érection était énorme. Si elle restait confinée dans son pantalon, cela ne pouvait pas être agréable.

Une goutte de fluide luisait au bout de son gland. Je savais quel goût elle avait, et j'en salivais.

— Non, compagne. Je te vois regarder ma queue, je sais que tu la veux dans ta bouche.

— Comment est-ce que tu...

— Tu es ma compagne. Je te connais. Tu me succras jusqu'à la jouissance, et je veux atteindre l'orgasme profondément enfoncé dans ton cul. Tu jouiras avec moi. Je te le promets.

Je me tortillai face à la sincérité de ses paroles. J'avais envie de jouir. J'avais envie de jouir pendant qu'il me pénétrerait.

— S'il te plaît, geignis-je.

Gage posa les mains sur mes fesses et les pétrit alors que ses pouces se dirigeaient vers la face interne, glissant sur mon sexe.

— Gage ! m'écriai-je.

Ses doigts étaient doux. Chauds. Coquins. Et glissants. Ma propre excitation lui couvrait les pouces, mais l'huile s'y ajoutait, rendant ses mouvements faciles, la sensation incroyable. Et il ne me touchait même pas le clitoris. Il ne faisait que me titiller.

Et ça fonctionnait.

Une main remonta le long de mon dos alors que l'autre se glissait sur mon sexe, puis me caressait le clitoris alors qu'un doigt faisait le tour de mon entrée. Je levai les fesses pour le pousser à me pénétrer. À m'emplir, même si ce n'était qu'avec un doigt.

Il battit en retraite, et je gémis de nouveau son nom.

— Superbe, compagne. Mais c'est ce trou-là qui m'intéresse, pour l'instant.

Ses doigts migrèrent vers l'arrière et effleurèrent mon entrée de derrière, un effleurement, presque un murmure. La main qu'il m'avait posée sur le dos se retira, et, une seconde plus tard, je sentis quelques gouttes d'huile tomber sur mon entrée vierge. Un doigt en fit le tour et étala l'huile.

— Ouah, dis-je, surprise de la sensation de sa caresse.

Je ne m'étais pas doutée que je serais sensible à cet endroit-là, que ce serait intense et agréable, que les sensations me pousseraient plus haut sur le chemin de l'orgasme, que mon sexe se contracterait, deviendrait plus chaud. Plus mouillé.

Vide.

Je geignis. Et il ne m'avait pas encore pénétrée par derrière. Il se contentait d'en faire le tour.

— Gage ! grognai-je.

Je l'entendis rire, et j'eus envie de lui donner une tape, mais j'avais peur que son doigt s'éloigne. Il me souriait, à présent, les yeux chaleureux et joyeux.

— Tu en veux plus ?

Je hochai la tête sur le lit et fermai les yeux.

— C'est bien, dit-il.

Il fit couler davantage d'huile et la fit pénétrer en appuyant plus fermement, cette fois. Je résistai par réflexe, mais il ne s'arrêta pas. J'ignorais combien de temps il me caressa, pour laisser le temps à mon corps de s'habituer à la sensation, de se détendre, de s'ouvrir à lui. Quand je le fis, je gémis alors que son doigt m'emplissait.

Encore de l'huile, encore des va-et-vient, qui imitaient, je le savais, les mouvements que ferait bientôt son sexe.

Cela brûlait un peu, m'étirait de façon étrange, mais ce n'était pas douloureux. Quand il s'enfonça davantage, puis ressortit, des terminaisons nerveuses inconnues s'éveillèrent sous son doigt.

Je me raidis.

— Oh, mon Dieu.

L'autre main de Gage trouva mon clitoris, et je pliai automatiquement les genoux, m'écartant pour lui, lui donnant l'accès qu'il désirait.

Un doigt caressait mon clitoris, l'autre s'enfonçait entre mes fesses tandis que son pouce pénétrait mon sexe. Qu'il jouait avec. Qu'il m'étirait en cet endroit aussi.

La sensation était intense, incroyable, complètement différente de celle de sa bouche.

— Je vais jouir, l'avertis-je.

— C'est bien, compagne. Jouis autant que tu veux.

J'étais déjà perdue, plus intéressée par rien sauf par la sensation provoquée par ses gestes. Et il maîtrisait parfaitement mon corps, en jouait comme d'un instrument.

Je jouis, mon corps tout entier crispé alors qu'un cri rauque et gémissant quittait ma gorge. Il continua de me caresser, ses doigts sur mon clitoris, entre mes fesses et dans mon vagin, me forçant à aller de vagues en vagues de plaisir.

Mon corps n'était pas rassasié, il était incontrôlable. Toujours plus haut.

En quelques instants, je me retrouvai de nouveau au bord du précipice. Alors que j'étais sur le point de jouir, mes doigts refermés sur le drap, mon corps tendu comme un arc, il retira ses doigts.

— Non ! m'exclamai-je, presque en larmes, en manque de la stimulation qu'il m'avait apportée.

Mais je n'aurais pas dû m'inquiéter. Il n'allait nulle part. Au lieu de cela, il glissa un deuxième doigt entre mes fesses, me pénétrant d'un mouvement régulier et délicat.

C'est alors que je jouis avec un cri, le dos cambré, les fesses en l'air alors que ses doigts s'enfonçaient plus profondément et qu'il continuait à me caresser le clitoris.

Ma peau me picotait, de la sueur perlait sur ma peau. Mon cerveau crépitait, mes pensées complètement court-circuitées.

— Plus, haletai-je. J'en veux plus.

C'était la vérité. Ça ne me suffisait pas. J'avais l'impression qu'il me titillait, avec toutes ces caresses.

— Chut, me cajola-t-il. Tu n'es pas encore prête. Encore un doigt pour t'ouvrir. Encore un orgasme, et tu seras prête.

Un autre doigt ? Un autre orgasme ? Et *ensuite*, je serais prête ? Je serais inconsciente, plutôt.

Il versa davantage d'huile et ajouta un doigt alors que je me tortillais et geignais, gémissais et suppliais. Mon clitoris était dur et gonflé, mon sexe trempé. J'étais si impatiente, si prête pour lui, que je me hissai sur mes avant-bras pour me retrouver à quatre pattes.

— Maintenant, dis-je en le fusillant du regard par-dessus mon épaule. Baise-moi *maintenant*.

Il sourit, mais cette fois, au lieu d'être enjoué, il était tendu. Il s'était retenu, avait réprimé son désir, son envie de me baiser pour me préparer. Mais mes mots, leur véhémence, avaient dû lui donner le signal qu'il avait attendu.

Il retira ses doigts, se débarrassa de son pantalon et saisit la bouteille d'huile, avant d'en enduire généreusement son sexe, jusqu'à ce qu'il en soit trempé. Il s'agenouilla sur le lit, derrière moi. Je sentis la chaleur évasée contre mon entrée préparée, sentis sa pression.

L'une de ses mains se posa près de ma tête, et je sentis son corps contre mon dos. Sa main libre saisit mon sein, joua avec mon téton. Je levai la tête et la plaçai dans le creux de son cou.

— Je t'en supplie, l'implorai-je.

Je le voulais en moi. Je me sentais vide sans lui.

Ses hanches s'avancèrent, et au début, je résistai à la pression insistante de son membre, puis j'expirai, je détendis mes muscles, et il entra avec un *pop*.

Gage gémit et haleta, immobile. Je poussai une exclamation et me contractai alors que je tentais de m'ajuster à lui. Son sexe était tellement plus gros que ses doigts.

Au bout d'un moment, il se remit à s'enfoncer, de quelques millimètres, avant de ressortir. Encore et encore alors que je commençais à haleter, que je m'habituais à la sensation. Il fit des va-et-vient jusqu'à ce que ses hanches se posent contre mes fesses, jusqu'à ce que je l'aie pris de tout son long.

Il m'embrassa dans le cou, mordit la chair tendre à la naissance de mon épaule.

— Mienne, gronda-t-il, avant de se mettre à bouger.

Il me baisait, à présent, lentement, dans un rythme régulier alors que ses doigts pinçaient et tiraient sur mes tétons et que ses lèvres se posaient sur mon épaule.

Je me sentais revendiquée. Prise. Coincée et libérée à la fois.

Ma marque brûlait. Mon corps brûlait pour Gage.

— Je suis... Je ne peux pas...

— Jouis, compagne, et je te suivrai. Je te marquerai.

Il s'enfonça profondément, d'un grand coup de reins alors que sa main se posait sur mon clitoris et mon sexe et m'emplissait de ses doigts tout en continuant de me pénétrer par derrière.

J'explosai.

Il n'y eut aucun son, simplement les contractions de mes parois internes qui voulaient l'attirer plus profondément en moi, l'y garder. Qu'il devienne une part de moi.

Je voulais qu'il sente le plaisir qu'il me donnait, le partager avec lui.

Je le sentis gonfler, s'épaissir, puis tout son corps se crispa alors qu'il gémissait, qu'il me mordait l'épaule et qu'il m'emplissait de sa semence. Qu'il me marquait. Qu'il m'enduisait de l'intérieur. Qu'il me faisait sienne.

Que je le faisais mien.

Plus qu'une étape avant de *le* revendiquer totalement. Avant que rien ne puisse jamais nous séparer.

Parce qu'alors que je tombais sur le lit, son sexe profondément enfoui en moi, son corps allongé à côté du mien, la dernière pensée que j'eus avant de m'endormir fut que j'étais déjà sienne.

age

NOUS ARRIVÂMES au palais au beau milieu de la nuit. Von, Bryn, moi et la douzaine de Chasseurs que Von avait amené avec lui nous étions mis d'accord sur le fait que la nuit permettrait de garder mon retour secret. Du moins le temps que nous nous trouvions tous en sécurité derrière les murs et que les gardes établissent un périmètre de sécurité. Les gardes habituels du palais, vigilants, comme je m'y étais attendu, permirent aux hommes de Von, sur mes ordres, de prendre le contrôle de mon aile de la propriété. Je leur ordonnai de ne pas réveiller ma mère et ma sœur, car il n'était pas nécessaire d'organiser des retrouvailles à une heure pareille. Le matin serait bien assez tôt pour affronter les larmes de ma sœur et les simagrées de ma mère.

Alors je m'assurai que Lexi, Katie et leurs compagnons aient leurs chambres avant de mener Dani à la mienne. Je refusais de revendiquer sa dernière virginité. Nous étions tous les deux trop fatigués, et je voulais que ma compagne soit bien réveillée quand je m'emparerais de sa chatte délicieuse. Je m'occuperais d'elle pendant des heures, la ferais jouir encore et encore. Ce n'était pas le moment.

Au lieu de cela, elle me surprit en se laissant tomber à genoux et en prenant profondément mon membre dans sa gorge. Ses gestes étaient ceux d'une novice, mais c'était cette innocence – et cet enthousiasme – qui me fit jouir en un rien de temps dans sa gorge, avec de grands jets chauds. L'étincelle satisfaite dans ses yeux me fit plaisir, et je la jetai sur le grand lit, lui écartai les cuisses et la stimulai avec ma bouche et mes doigts jusqu'à ce qu'elle crie mon nom, encore et encore jusqu'à ce qu'elle perde connaissance. Ce n'est qu'à ce moment-là que je la pris dans mes bras et que je m'endormis.

Au lever du jour, mon désir pour ma compagne n'avait pas faibli. Comme l'avait dit Bryn, je doutais qu'il s'étiole un jour. Allongé nu, collé à ma douce et belle compagne, je n'avais aucune envie de quitter ma chambre, et encore moins mon lit. Elle était profondément endormie, blottie contre mon flanc avec un sourire satisfait au visage, même dans son sommeil.

Mon cœur se gonfla d'une fierté que je n'avais encore jamais ressentie, provoquée par le fait de savoir que je l'avais rendue heureuse, que je lui avais fait découvrir des plaisirs que j'étais le seul à pouvoir fournir à son corps.

Plus qu'une étape, la revendication finale nous attendait encore, et mon membre rassasié durcit à cette pensée, alors même que le bruit provenant de l'extérieur de notre chambre devenait plus fort, alors que les Chasseurs que Von avait emmenés avec lui de son équipe de Feris 5, les hommes à qui il confiait la vie de sa compagne, et la mienne, montaient la garde. D'après ce que j'arrivais à entendre, ils refusaient l'entrée à la seule personne que je n'avais pas hâte de revoir.

Mauve.

Évidemment, la nouvelle de mon arrivée s'était répandue dans le palais, et mon moment de répit était terminé.

Sa voix perçante et autoritaire portait loin, tout comme les platitudes plus basses de ma sœur derrière elle, qui tentait de raisonner son aînée. La patience n'avait jamais été le point fort de ma mère. L'obéissance non plus, et en cet instant même, c'était Von qui en payait les conséquences.

Et il ne cédait pas.

Mon sourire s'élargit alors qu'il lui disait calmement d'aller s'asseoir et de regarder des vidéos en patientant. Il savait pertinemment ce que nous étions en train de faire dans cette chambre, connaissait notre désir d'intimité. Sa compréhension de notre besoin de rester ensemble, seuls, ne me le faisait que plus respecter. Le fait que l'on m'ait enlevé et laissé pour mort n'avait que peu d'importance. J'étais avec ma Compagne Marquée, et rien – pas même ma mère –, ne m'empêcherait d'être avec elle. J'avais espéré revendiquer sa dernière virginité ce matin, mais visiblement, ce ne serait pas possible. Mon rôle de prince prendrait le pas sur elle. Pour l'instant.

À côté de moi, Dani se mit à bouger, ses yeux bleus s'ouvrant peu à peu. Quand son regard se posa sur le mien, la tendresse que j'y vis faillit causer ma perte. Je ne pus m'en empêcher ; je me penchai et l'embrassai avec douceur. Délicatesse. Avec toutes les drôles d'émotions nouvelles qui s'éveillaient dans mon cœur.

Je m'étais attendu à ce qu'une relation entre Compagnons Marqués soit explosive, pleine de désir et d'excitation. Mais je n'étais pas préparé pour la douceur avec laquelle Dani me conquérait. Je doutais qu'elle sache même qu'elle détenait un tel pouvoir.

— Bonjour, toi, murmura-t-elle en soutenant mon regard.

Elle me passa la main autour de cou et m'attira vers elle pour un autre baiser. Je ne tentai même pas de résister. Pourquoi le ferais-je ?

— Laissez-moi entrer immédiatement, ou je donnerai l'ordre de vous faire évacuer de cette porte et de vous envoyer pourrir dans un cachot.

L'ordre de Mauve arriva aux oreilles de Dani et elle recula, me regardant avec une étincelle malicieuse dans les yeux.

— J'imagine que c'est ta mère ?

Je lui rendis son sourire.

— Dans toute sa gloire stridente.

Dani leva la tête, m'embrassa rapidement, puis me repoussa et s'enfouit sous les draps.

— Tu ferais bien d'aller t'occuper de ça. Je n'ai pas envie de rencontrer ma future belle-mère toute nue.

Ce n'était pas m mère qui m'inquiétait. C'était plutôt que je n'avais pas l'intention de laisser les gardes pénétrer dans ma chambre avec ma mère et voir Dani dans un état si vulnérable. Elle avait été féroce quand elle était venue à mon secours, forte. Mais avec moi, elle s'était autorisée à être douce. Faible. Soumise. Cette confiance, je ne la trahirais jamais, même pas un peu. Et cela impliquait de tenir tout le monde à l'écart de cette chambre.

Personne ne te dérangera, compagne. Prends ton temps. Viens la rencontrer quand tu seras prête. Les gardes postés à la porte t'escorteront.

Elle hocha la tête, les yeux écarquillés par l'inquiétude.

— Elle va me détester, hein ?

Je passai le dos de ma main sur sa joue, en priant pour que la femme agaçante dans le couloir disparaisse pour que je puisse me recoucher avec Dani, la serrer contre moi et simplement... profiter.

— Elle va t'adorer, dis-je en me penchant pour l'embrasser longuement et m'assurer qu'elle sache à qui elle appartenait. Tout comme moi.

Elle sursauta quand un tambourinement retentit à la porte, suivi par la voix de Von.

— Tu ferais mieux de sortir, Gage, avant que les choses dérapent.

Sa voix était amusée, ce qui ne plut pas à ma mère.

— J'exige de voir mon fils. Tout de suite ! Espèce de mâle arrogant et élitiste, hors de mon chemin !

— J'arrive, lançai-je.

Dani rit en entendant ma mère s'éloigner de la porte en soufflant.

— Il était temps. Qu'est-ce qui te demande si longtemps, grand frère ? demanda une voix rieuse et féminine.

Je jetai un regard à Dani et vis ses joues s'empourprer, même si nous n'étions même pas en train de faire ce que Rayla sous-entendait.

— Ta sœur ? murmura ma compagne.

— Ma sœur, répondis-je sur le même ton.

— Oh, Seigneur.

Elle roula sur le ventre et se mit un oreiller sur la tête.

— Je ne sortirai jamais de cette chambre.

Je ris et descendis du lit pour me préparer à affronter ma famille.

J'allai jusqu'à mon placard et en sortis la tenue officielle que devaient porter les membres de l'élite royale, ceux qui siégeaient au conseil des Sept. Je jetai un regard nostalgique à l'uniforme que j'avais emprunté à Bryn, la veste et le pantalon marron foncé des Chasseurs posés sur le sol, là où je les avais laissés tomber la veille. Je me sentais étonnamment triste. Pourquoi le manque de choix dans mes tenues m'ennuyait-il soudain ?

Non, il ne s'agissait pas que de mes vêtements. Mon éducation. Mon choix d'épouse. Mon avenir.

Ma vie. Tout avait été prévu pour moi, comme ce costume trop serré, trop formel. Depuis ma naissance. Et je l'avais porté sans rechigner jusqu'à ce que la marque sur ma paume s'éveille. Jusqu'à ce que Danielle sauve non seulement ma vie, mais aussi mon âme.

J'ouvris la porte, me glissai à l'extérieur et la refermai derrière moi, en m'assurant de cacher ma petite compagne aux membres de ma famille et à leurs regards inquisiteurs. Les Chasseurs n'oseraient pas tenter d'apercevoir Dani. Ils se tenaient à une distance respectable, tous sauf Von, qui tournait le dos à la porte, et dont le torse faisait barrage à ma mère. Il venait de trouver sa compagne, l'avait revendiquée selon les coutumes de notre planète. Il savait qu'être interrompus n'était *pas* ce que je voulais en ce moment, même si j'étais un prince et un membre des Sept.

Je lui pressai l'épaule pour le remercier, et sortis dans le couloir. Je lui jetai un regard, et il sut ce que je voulais avant même que je dise un mot.

— Personne ne la dérangera. Tu as ma parole.

— Merci.

Il hocha la tête.

— Je vais vous saluer toutes les deux, mais pas dans le couloir, dis-je à Rayla et à Mauve. Je ne veux pas déranger le repos de ma compagne.

Je dépassai ma mère et ma sœur pour me rendre dans le salon privé de ma famille. J'y allai pieds nus, parce que j'en avais envie, et parce que je savais que cette entorse au protocole agacerait ma mère.

À l'instant où j'arrêtai de marcher, Rayla se jeta dans mes bras. Les dieux soient loués, Gage ! J'ai cru que tu étais mort.

Elle me serrait fort, en larmes, tandis que sa mère se tenait là, lèvres pincées, le menton baissé. Le regard de Mauve était vitreux, brouillé par une douleur évidente, mais je doutais que cette douleur soit pour moi.

Rayla avait toujours été la plus grande fierté de Mère. La jeune fille la plus protégée et chouchoutée de la capitale. Le

plus sûr moyen de faire du mal à Mauve, c'était de faire du mal
à Rayla.

Je frottai le dos de ma sœur alors que mon regard passait en
revue les gardes qui les accompagnaient, persuadé que je
verrais une paire d'yeux braquée sur Rayla.

Elon était présent, la main sur son arme, le regard tourné
vers sa compagne, qui était en sécurité dans mes bras, entourée
par des Chasseurs. Von en avait fait venir douze, et six d'entre
eux m'entouraient en cet instant. Moi et ma sœur.

Je soutins le regard d'Elon, juste assez pour lui faire
comprendre qu'il n'arriverait rien à la femme qu'il aimait. Il ne
connaissait pas les guerriers qui se tenaient à ses côtés, mais je
faisais confiance à Von, et cela devrait suffire à Elon. Satisfait,
son regard s'adoucit, mais il continua de scruter le moindre des
mouvements dans la pièce, comme le faisaient ses deux plus
proches amis, Chasseurs eux aussi, Geoffrey et Thomar. Pour la
première fois, alors que je regardais Von et Bryn, je comprenais
ce que signifiait ce genre de fraternité. C'était puissant, de
savoir que je pouvais m'éloigner, et que Von et Bryn seraient
prêts à mourir pour protéger ce qui m'appartenait. J'aurais fait
la même chose pour eux, pour les amies de ma Danielle, Lexi
et Katie.

Nous tuerions sans hésiter. Nous tous. De la part de Chasseurs d'Élite, je n'en attendais pas moins.

La dévotion d'Elon envers ma sœur était évidente. Je reconnaissais son regard. Sa possessivité. Son désir. Ma sœur lui
appartenait, et je respectais cela, car c'était également son
choix à elle. Elle me l'avait dit lorsque je lui avais confié que
j'avais trouvé ma Compagne Marquée, avant l'attaque qui avait
failli me coûter la vie. Je ne dis rien, car j'ignorais si elle avait
révélé son choix à notre mère. Ce n'était pas à moi de dévoiler
son secret.

D'après le regard indulgent que Mauve nous lançait, j'en

conclus que ma sœur avait gardé son histoire d'amour pour elle.

Je poussai un soupir, et nous nous installâmes dans le salon de mon aile du palais. Katie et Lexi apparurent et s'assirent sur l'un des fauteuils, Lexi au centre et Katie sur l'accoudoir, une fois que tout le monde eut fini de se présenter. Bryn se tenait derrière elle et jetait des regards noirs aux hommes de Mauve. Ils n'avaient pas fait partie du plan initial, de toute évidence. Nous ne pouvions faire confiance à personne, et voir des menaces potentielles à proximité de sa compagne le crispait.

Von était resté là où je l'avais laissé, à veiller sur ce qui m'était le plus précieux. Même sans lui, il ne restait presque plus de place dans la pièce, les guerriers de Von serrés contre les gardes qui accompagnaient ma mère partout.

Je les informai de ce qui m'était arrivé, même si je passai les détails sanglants pour ne pas heurter la sensibilité des femmes. De toute façon, ce n'était pas quelque chose que j'avais très envie de raconter, et cela n'avait pas d'importance. J'avais survécu. C'était la seule chose qui comptait, à présent.

Je leur racontai que Von et Bryn m'avaient trouvé et m'avaient amené ici, en lieu sûr. Je ne dis pas un mot sur le fait que Dani m'avait traqué grâce à nos rêves et à ses compétences. Il n'y avait pas eu de femmes Chasseresses depuis des décennies. Mais surtout, je ne voulais pas que le traître, s'il se trouvait dans cette pièce, voie ma compagne comme une menace. S'il voulait croire qu'elle était faible, trop fatiguée après la revendication de son compagnon pour être présente, alors cela m'allait.

— Nous devrions organiser une réunion d'urgence du conseil des Sept, insista Mauve. Avancer la cérémonie d'ascension à demain. Nous ne pouvons pas risquer de te perdre à nouveau, Gage.

Elle s'assit devant moi dans un fauteuil, son dos droit comme un i, sa posture royale. Comme toujours.

En temps normal, j'étais en désaccord avec elle sur la plupart des questions politiques. Mais pour une fois, son raisonnement était logique, bien que déraisonnable.

— Mère, l'anniversaire de la mort de Père a lieu dans deux jours. Tu sais aussi bien que moi que les autres membres des Sept n'accepteront pas un tel manquement au protocole.

— C'est une tradition, rien de plus. Aucune loi ne l'interdit.

Mère n'était pas du genre à suivre les règles ; pas si les enfreindre bénéficiait à sa famille. Et plus tôt je prendrais ma place au Conseil, plus tôt j'aurais accès au pouvoir et aux contacts de mon père. Au cours de l'année passée, j'avais eu un rôle de conseiller, et j'avais pu me rendre aux réunions, sans avoir le droit de voter. Mais dans deux jours, je serais officiellement reconnu et je deviendrais aussi puissant que les autres membres des Sept. Une force à prendre en compte, à la tête de toutes les unités éveriennes de guerriers et de Chasseurs d'Élite. Je serais même en mesure de demander assistance à la Flotte de la Coalition et à leur dangereux et puissant Centre de Renseignements.

Pour l'instant, j'étais un ennemi à craindre. Après l'ascension ? Je serais un démon pour ceux qui menaçaient ce qui m'appartenait.

La richesse de notre famille était substantielle, mais quand on était cerné par les ennemis, ce qui était le plus utile pour protéger ce à quoi l'on tenait, c'étaient des amis puissants.

— Je suis d'accord. Deux jours, ça me va, mais si nous pouvons avancer la cérémonie à demain, ce serait mieux, dis-je avant de regarder Bryn. Ce serait plus sûr.

Je croisai son regard. Si l'ascension avait lieu plus tôt que prévu, toute attaque visant à me faire du mal durant la cérémonie serait compromise. Il hocha la tête.

Ma mère prit une profonde inspiration, et je la regardai réfléchir.

— Oui. Mais le couronnement ne sera pas total. Nous devrons organiser le bal chez nous.

— Un bal ? Fantastique ! s'exclama Rayla, rayonnante. J'ai une robe bleue toute neuve, Gage. Il faut que tu la voies. Elle est de la même couleur que mes yeux.

Rayla était si jeune, si innocente. Si pleine de joie pour ce monde. Elle était intelligente et bien éduquée, mais la vie ne l'avait pas encore endurcie. J'avais envie qu'elle reste ainsi, et je jetai un regard à Elon, en espérant qu'il s'en assurerait.

— Je suis certain que tu seras très belle, comme toujours. Et organiser le bal ici nous aidera à le rendre plus sûr. Un événement plus modeste.

— Excellent, dit Mauve avec un sourire jusqu'aux oreilles. Nous profiterons du bal de couronnement pour annoncer vos fiançailles ! Ce sera parfait !

— Pardon ?

La voix de Dani claqua dans l'air comme un coup de tonnerre, et tout le monde se tut, cherchant à comprendre qui avait pris la parole.

Ma sœur se figea, et sa main se retourna dans la mienne. Ma mère prit tout son temps et examina la femme que j'avais prise pour compagne. Dani se tenait derrière elle, Von protecteur dans son dos, la coupant des hommes de ma mère. Je devais beaucoup au Chasseur. Beaucoup.

— Vous avez parlé de fiançailles ? Mais je croyais...

Elle plongea brièvement son regard dans le mien, et je bondis immédiatement sur mes pieds pour la rejoindre. Je la pris dans mes bras et humai son odeur.

Elle venait de prendre une douche, et les longueurs de ses cheveux humides bouclaient pour dévoiler son visage délicat. Elle était toute petite à côté de moi, bien plus petite que Mauve, et elle portait des vêtements empruntés : le pantalon noir de Katie retroussé aux chevilles. Le chemisier qu'elle avait enfilé

était celui que j'avais jeté par terre quand je l'avais prise. Elle
était couverte de mon odeur, et je ne pus contenir la fierté
primitive qui me submergea alors qu'elle se tenait là, pieds nus,
à toiser ma mère.

— Danielle, mon cœur, je te présente Mauve, ma mère.

Quand aucune d'entre elles ne dit un geste, je repris :

— Mère, nous avons parlé de ça avant que je me rende sur
la Pierre Angulaire. C'est ma Compagne Marquée, Danielle.
Elle est venue sur Everis par l'intermédiaire du Programme des
Épouses Interstellaires, depuis une planète appelée Terre. Je
t'ai parlé d'elle le matin qui a suivi notre premier rêve partagé.

— Oui, mais je pensais... Enfin, tu as dit ne jamais avoir
atteint la Pierre Angulaire. Avoir été enlevé avant d'arriver. Je
m'étais dit...

— C'est ma Compagne Marquée, Mère. Rien, pas même un
enlèvement, ne peut nous séparer.

— Mais tu es un prince !

— Elle est mienne.

Ma mère émit un rire méprisant qui me donna envie de
casser quelque chose.

— Mais tu es Everien, mon fils. Elle est terrienne. D'après
ce que j'ai lu, il s'agit d'une nouvelle culture primitive, que la
Coalition des Planètes a acceptée de justesse en son sein. Le
peuple ne l'acceptera pas, Gage. Tu ne peux pas t'accoupler à
une espèce de... Pardon, très chère...

Elle adressa cette dernière remarque à Danielle avant de
poursuivre en tournant le regard vers moi :

— À une espèce de roturière venue d'une planète non civi-
lisée. Ton désir d'avoir une Compagne Marquée est moins
important que ton devoir envers ton peuple. Ta responsabilité
envers les Sept et la stabilité de notre planète sont plus impor-
tantes qu'un simple désir.

— Mère.

C'était le seul avertissement que je lui donnerais.

— Garde-la comme maîtresse, Gage. En privé.

Mauve tendit enfin la main à Danielle, mais pas en un geste accueillant. Plutôt comme une reine qui s'attendait à ce qu'une pauvresse embrasse ses bagues.

— Mais tu dois épouser quelqu'un qui soit digne d'être à tes côtés, poursuivit-elle avant de tourner de nouveau les yeux vers Danielle. Vous ne savez rien de nos coutumes, Danielle de la Terre. Rien des devoirs et des obligations d'une princesse.

Ses mots me hérissèrent. Le fait qu'elle ignore le lien puissant que je partageais avec ma compagne, qu'elle se serve des origines de Danielle pour l'insulter, me mit en rage. Mais toute ma vie, on m'avait appris à garder mon calme. Je tendis ma paume sur laquelle se trouvait ma marque pour la montrer à ma mère. Puis je pris la main de Dani et la soulevai, montrai sa propre marque, et plaquai ma paume à la sienne. Si cela n'envoyait pas un message très clair, rien ne le pourrait.

— Mon père t'a peut-être épousée par devoir, mais je ne suis pas mon père. Il m'a éduqué pour que je dirige les Sept comme je l'entendrais. Pour que je fasse ce que *je* jugeais bon pour la planète. Et même si j'aurais été d'accord avec toi avant que ma marque s'éveille, je n'en suis plus capable. L'attrait sacré de la marque est trop pur, trop fort. Mon désir pour Danielle et trop puissant. Rien, *rien* au monde, ne nous séparera. Même mon rôle de prince.

— Je trouve ça merveilleux, dit Rayla en adressant un sourire radieux à ma compagne, ses yeux bleus pleins de curiosité. Je m'appelle Rayla. Je suis ta nouvelle sœur.

Le sourire timide de Danielle fut la seule permission dont Rayla avait besoin pour se lever et serrer ma compagne dans ses bras. Je lui étais reconnaissant d'avoir détendu l'ambiance. Ma mère était trop rigide avec les règles des Sept. J'avais l'impression que comme elle n'avait jamais trouvé son Compagnon Marqué, nous ne nous comprendrions jamais.

— Je suis ravie que tu sois là ! Tellement heureuse pour Gage. C'est fantastique !

Rayla recula, son sourire encore plus grand qu'avant, et ajouta :

— *Tu* es fantastique. Bienvenue dans la famille.

— Merci.

8

JE ME DÉFIS de l'étreinte de Rayla pour trouver Gage derrière moi, sa main posée sur mon dos. Et j'avais besoin qu'il me touche, qu'il m'aide à garder les pieds sur terre.

Il y avait énormément de pouvoir dans cette pièce. Trop de Chasseurs. Trop de tensions familiales. Je les percevais, et j'étais persuadée que la chère mère de Gage ne souscrirait pas la carte de mon fan-club de sitôt. Bon sang, elle était passive agressive et me lançait des piques à la première occasion. De toute évidence, elle croyait que mon esprit était tout aussi primitif que la planète d'où je venais. Je n'étais pas *digne* de son fils chéri.

Gage m'enlaça la taille et je me penchai en arrière, contente d'être dans ses bras pour affronter le peloton d'exécution. Dans la pièce, tout le monde m'examinait – surtout Mauve –, et non seulement je sentais que ma tenue n'était pas assez convenable, mais j'avais également l'impression d'être un vilain insecte cloué au sol et grillé sous une loupe.

J'étais peut-être paranoïaque, mais je me sentais comme une intruse. Inopportune et mal-aimée. Et les gardes de Mauve ? Ils ne faisaient que leur travail, en veillant à protéger leur patronne d'une menace potentielle. Moi.

Gage était différent. Lexi et Katie également, peut-être, mais elles aussi venaient de cette planète primitive qu'était la Terre. La tension dans l'air était due au fait que Gage était avec *moi*.

Pour lui, j'étais prête à serrer les dents. Je ne sentais aucune tension de sa part. Avait-il même remarqué à quel point cette rencontre était gênante ? Ou tout cela lui paraissait-il parfaitement normal ?

— Nous profiterons du bal de couronnement pour annoncer que j'ai trouvé et revendiqué ma Compagne Marquée. L'attention du peuple se détournera de cette histoire d'enlèvement, et cela nous donnera peut-être le temps de découvrir qui se cache derrière cette attaque.

Le commentaire de Gage n'en était pas vraiment un, c'était plutôt un ordre, et tout le monde dans la pièce le savait.

— Très bien, dit sa mère.

Elle inclina la tête dans ma direction, mais ses yeux n'avaient rien de chaleureux. C'était comme si un vent glacial avait soufflé par une fenêtre ouverte.

Je me sentis soudain désolée pour mon compagnon. Sa sœur était chaleureuse et amicale, mais bon sang. Sa mère était une vraie vipère. Et elle m'avait dans le collimateur.

— Bienvenue dans la famille, Danielle.

Oh, non, je n'étais absolument *pas* la bienvenue. Quelle sorcière.

Mais après tout, Gage m'avait prévenue à son propos.

— Merci, répondis-je.

Aucune importance. Gage était à moi, et nous étions à une virginité de rendre notre relation totalement officielle. Non que le fait que Gage pénètre mon sexe change quoi que ce soit à notre relation. Notre marque prouvait que notre lien était bien plus profond que leurs drôles de coutumes de revendication. Oh, je voulais qu'il me prenne par devant, qu'il me baise bien profond. Cette idée me fit serrer les cuisses, mais cette envie ne venait pas d'un besoin de le faire simplement pour qu'une règle archaïque soit respectée. Je le voulais, c'est tout. De toutes les façons dont je pourrais l'avoir. Comme Mauve n'apprécierait sans doute pas ce genre d'idées et qu'elle m'aimerait probablement encore moins parce qu'elle estimerait que je corrompais son fils avec mes besoins sexuels primitifs, je gardai le silence et lui souris. C'était un vrai sourire, accompagné d'un mantra : *j'ai gagné. J'ai gagné. J'ai gagné.*

Gage ne semblait se rendre compte de rien, mais lorsque je tournai la tête vers Katie et Lexi, leurs sourcils haussés et leurs yeux subtilement levés au ciel me firent savoir qu'elles étaient de mon côté. Elles avaient tout vu. Avaient perçu le comportement... glacial de Mauve. Seigneur, ça faisait du bien d'avoir des amies. De vraies amies.

— En attendant de mettre la main sur le traître qui a tenté de me tuer, Von, Bryn et ses hommes se chargeront de ma sécurité personnelle, dit Gage en inclinant la tête vers Bryn, confiant.

— Tu ne trouves pas cela un peu excessif ? demanda Mauve. Nous ne connaissons pas ces hommes. Nous ne pouvons pas laisser entrer des inconnus chez nous.

Elle se trouvait pourtant parmi eux en cet instant. Elle avait vraiment du culot, à insinuer qu'ils représentaient une menace alors qu'ils étaient les invités de son fils, sous la protection de Gage.

— Moi je les connais, intervins-je en quittant la chaleur de mon compagnon.

Si cette femme et moi devions entretenir ce genre de relation pour le restant de nos jours, je ne voulais pas qu'elle me prenne pour une cible facile. Mieux valait lui montrer tout de suite comment les choses allaient se passer. Elle n'était plus la femme de la vie de Gage. Même si mon compagnon ne l'avait jamais vue ainsi, il était évident que c'était ce qu'elle avait cru.

— Je fais confiance à Von et Bryn, dis-je. Mais pas à vos hommes. C'est eux qui ont laissé votre fils se faire enlever sous votre nez. Pas mes amis.

Les narines de Mauve se dilatèrent, et le balai qu'elle avait dans le cul s'enfonça un peu plus. Ouais, elle ne m'aimerait jamais.

Les hommes de Von n'étaient pas *mes* amis, techniquement, mais ils bombèrent tous le torse et redressèrent les épaules, alors je me dis qu'être revendiqués par une future princesse ne les dérangeait pas.

Mauve secoua la tête, résignée, et se leva.

— Très bien, si vous estimez que c'est pour le mieux. J'ai du travail pour avancer l'ascension et le bal.

Quelle sale petite... Gage posa la main sur mon épaule. Son contact m'apaisa immédiatement, pour l'instant en tout cas. Je *détestais* les gens passifs agressifs. Je préférais de loin les gens agressifs.

Elle quitta la pièce, et tous ses gardes sauf trois la suivirent. Je reconnus les hommes que j'avais vus aux infos. L'un d'entre eux était celui que Gage avait décrit comme le compagnon que s'était choisi Rayla. Elon. Lui et deux autres étaient cloués sur place, attendant que Rayla les accompagne. C'étaient les gardes de Rayla. Son escorte.

Mais la sœur de Gage n'était pas pressée. À l'instant où la porte se referma derrière Mauve et ses gardes, Rayla poussa un énorme soupir. Toute la tension avait quitté la pièce avec la méchante belle-mère. Gage éclata de rire.

— Je vois qu'elle n'a pas changé.

Comment pouvait-il rire ? Avait-il l'habitude de la voir comme ça ? N'avait-il pas remarqué qu'elle me haïssait ?

— Jamais, répondit Rayla.

Elle tendit la main, et Elon alla se placer à ses côtés, avec tant d'amour et de tendresse dans le regard que je dus détourner les yeux. Gage me regardait-il ainsi ?

— Grand frère, j'aimerais te présenter Elon.

— C'est un honneur, dit mon compagnon avec un sourire.

Elon serra la main qu'il lui tendait et s'inclina légèrement.

— C'est moi qui suis honoré que Rayla m'ait choisi.

— En effet, répondit Gage. Mais elle l'a fait, et je suis sûr que vous la protégerez comme un véritable compagnon.

— Toujours, affirma Elon en enlaçant Rayla.

— Tu nous donnes ta bénédiction, Gage ? demanda Rayla, les yeux brillants d'espoir. Officiellement ? On veut annoncer notre accouplement au bal de couronnement.

Elle nous regarda tour à tour, Gage et moi, avec une pointe d'inquiétude.

— Si ça te convient, Danielle. Je ne veux pas te voler la vedette.

Rayla était tout le contraire de sa mère, et je sus que nous deviendrons de très bonnes amies.

— Je vous en prie, tous les deux, appelez-moi Danielle. Et je suis *impatiente* de voir la tête que fera ta mère quand tu le lui annonceras.

———

Gage

Jamais de ma vie je n'avais aussi peu eu envie d'être prince. Aucun des autres Chasseurs de la planète qui avaient trouvé leur Compagne Marquée n'avait été obligé de partager son attention entre elle et ses devoirs. Les formalités pour succéder officiellement à mon père au conseil des Sept étaient compliquées et archaïques. Je devais avoir une cérémonie d'ascension. Non, *j'étais* l'ascension. Sans moi, elle n'aurait pas lieu. Elle n'aurait plus lieu d'être.

Quelqu'un voulait ma mort, s'était démené pour me tuer, et avait failli réussir. Mais cette personne n'avait pas anticipé les compétences innées de Chasseresse de Dani. Heureusement.

Je poussai un soupir. Comme si cela ne suffisait pas, j'avais aussi une mère qui voulait m'accoupler à ma sœur, même si je leur avais présenté ma Compagne Marquée. Ce n'était pas comme si j'avais été chercher une Everienne au hasard dans la rue. Dani était ma *Compagne Marquée*, bon sang. Combien de fois allais-je devoir le dire à Mauve ? Le lui prouver ?

Zéro. C'était fini. Je me fichai de ce que Mauve pouvait penser. La cérémonie de l'ascension aurait lieu le lendemain. J'avais des gardes, qui m'étaient loyaux et qui assuraient notre sécurité, à Dani et à moi. Des amis, également, avec Bryn et Von. Ils sauraient nous protéger.

J'avais tout ce que je voulais, sauf Dani sous mon corps, mon membre enfoncé dans sa chatte serrée. Je voulais sa dernière virginité, voulais la revendiquer, la faire mienne pour toujours. Je voulais que plus rien ni personne ne puisse nous séparer. Prouver à la planète tout entière qu'elle était mon grand amour.

— Vous avez besoin d'autre chose ? grognai-je presque, impatient, frustré et excité comme tout.

Je regardai Bryn et Von. En une journée, j'avais placé ma vie – et celle de Dani – entre leurs mains. Ils étaient de ce fait mes plus proches conseillers. Encore plus que les autres membres des Sept, ou la garde royale. Ou même que ma famille.

— Pas pour le moment, répondit Von. On a poursuivi nos recherches. Mes meilleurs Chasseurs...

— C'est à dire moi, coupa Bryn.

Katie éclata de rire, mais Von ne lui prêta aucune attention.

— Mes meilleurs Chasseurs, parmi lesquels se trouve Bryn, n'ont pas réussi à trouver de nouvelles pistes, Gage. La personne qui t'a trahi semble s'être envolée sans laisser de traces.

— Comme si c'était l'un des nôtres, commenta Elon.

Je me tournai vers lui et les deux Chasseurs qui se trouvaient souvent à ses côtés, Geoffrey et Thomar. Je les connaissais depuis des années, car Geoffrey avait servi mon père avant sa mort. C'étaient des hommes bien. Des hommes de confiance. Visiblement, Elon pensait la même chose, car il avait placé sa bien-aimée, ma sœur, sous leur protection.

— Oui, je suis d'accord, répondis-je avec un hochement de tête décidé. Ce qui veut dire que notre ennemi est entraîné et extrêmement dangereux. Je te fais confiance pour veiller sur Rayla.

Je n'avais pas prononcé ces mots sous forme de question, car ce n'en était pas une. Il avait dit qu'il protégerait ma sœur au risque de sa propre vie, et je l'avais cru. J'avais cru à leur affection mutuelle. À présent, je n'avais qu'une envie : qu'ils s'en aillent. En sécurité, mais ailleurs.

Elon hocha la tête, saisit le sous-entendu et mena Rayla hors de la pièce, Geoffrey et Thomar sur les talons, leurs yeux vigilants.

Je jetai un regard à ceux qui restaient, et déclarai :

— Si personne n'a besoin de nous, ma compagne et moi serons dans nos appartements. Nous ne souhaitons pas être dérangés.

— Mais elle a besoin d'une robe ! hurla presque Katie.

Bryn l'enlaça pour l'empêcher de nous rejoindre.

— Mon amour, laisse-les tranquilles, lui murmura-t-il à l'oreille.

Elle se tassa contre lui et tourna la tête pour qu'il puisse l'embrasser dans le cou.

— Mais ils ont besoin... commença-t-elle.

— D'intimité, clarifia Bryn.

— Oh ! s'exclama Katie, un sourire plaqué au visage. Bien sûr. La robe attendra.

Je vis Dani rougir quand elle comprit mes intentions. Oui, je comptais la déshabiller, l'exciter et la revendiquer. Personne n'avait intérêt à se mettre en travers de mon chemin. Je doutais que mes testicules y survivent.

— Amusez-vous bien ! dit Lexi en agitant les doigts et en nous adressant un clin d'œil.

Dani était légèrement mortifiée, contrairement à moi. J'avais une tâche à accomplir, et mon membre était parfaitement d'accord. En fait, c'était ce membre qui prenait les décisions à la place de mon cerveau, en cet instant.

Je pris Dani par la main et la menai hors de la pièce.

— Viens, compagne. Allons nous enfermer à clé avant que quelqu'un d'autre ne fasse appel à moi. La seule chose qui m'intéresse, là, c'est de pénétrer ta chatte, de l'étirer et de la façonner pour mon membre.

Je hâtai le pas tant j'en avais envie.

— Gage, dit Dani, un peu essoufflée.

— Quoi ? demandai-je, concentré sur le bout du couloir, avançant à grandes enjambées.

— Tu vas trop vite. Je n'arrive pas à tenir le rythme.

Je courais presque.

— Je suis impatient. Et j'ai peur que quelqu'un vienne encore me détourner de ma tâche.

— Oui, mais ta hâte me fait mal à la cheville.

Je m'arrêtai net, et elle me rentra dans le flanc. Je me retournai, les mains sur ses épaules, et je m'inclinai pour la regarder. Je vis ses yeux sauvages, et ses lèvres pincées de douleur.

— Qu'est-ce qui ne va pas avec ta cheville ?

— C'est ma mauvaise cheville, répondit-elle, comme si cela expliquait tout.

— On l'a guérie avec la baguette ReGen, répondis-je.

Je parcourus son corps du regard, mais je ne vis rien d'inhabituel, car son pantalon me cachait ses chevilles.

— Ça l'a fait dégonfler, oui, mais elle ne sera jamais vraiment guérie.

Je fronçai les sourcils.

— Qu'est-ce que tu racontes « jamais vraiment guérie » ? Bien sûr que si, elle est guérie.

Elle poussa un soupir.

— Certaines blessures sont inguérissables, et il faut vivre avec. J'ai vécu avec celle-ci longtemps. Elle va mieux depuis l'opération, mais je l'ai trop poussée en partant à ta recherche. Je suis contente de l'avoir fait, bien sûr. Mais je vais simplement devoir la ménager pendant quelques semaines, jusqu'à ce que le gonflement disparaisse et qu'elle arrête de me tirailler. Si tu pouvais ralentir…

Je me redressai de tout mon long.

— Tu es en train de me dire que pendant tout ce temps, tu étais blessée, et que tu ne me l'as pas dit ?

— Eh bien, oui, dit-elle en haussant les épaules avec une nonchalance qui me mit en colère. J'ai l'habitude.

— Pas moi, rétorquai-je, horrifié. Je refuse que tu me caches tes blessures. Je ne veux pas que tu souffres. Marcher vite ne devrait pas t'être impossible. Je ne le permettrai pas.

Elle éclata de rire.

— Tu ne le *permettras* pas ? Ce n'est pas quelque chose que tu peux interdire par décret juste parce que tu es prince, dit-elle en claquant des doigts.

Je pressai un bouton de l'unité de communication à mon poignet, sans quitter ma compagne des yeux.

— Ici votre prince. Je vous amène ma compagne à l'infirmerie immédiatement. Elle a une *cheville blessée* qui doit être guérie immédiatement.

— Tu es fou, répondit-elle lorsque je coupai la communication.

Elle posa les mains sur sa taille menue et tapa du pied par terre.

Je me passai la main dans les cheveux.

— Compagne, je suis furieux que tu m'aies caché ta douleur. Tes peines sont les miennes. Tu dois me les confier, et je les guérirai.

— Et comment est-ce que tu comptes guérir cette douleur-là ?

— En t'emmenant chez le médecin. Tu devras sans doute passer un moment dans une capsule ReGen.

— Mais il y a ta cérémonie de l'ascension et le bal. Je ne peux pas être coincée à l'hôpital avec la cheville en vrac. Et c'est quoi, une capsule ReGen ?

Von et Bryn arrivèrent dans le couloir.

— Qu'est-ce que vous faites là à vous disputer, tous les deux, au lieu de baiser ? demanda Bryn en montrant la porte de mes appartements.

Je grognai.

— Ma compagne s'est blessée à la cheville.

— En marchant dans le couloir ? demanda Von.

Dani leva les yeux au ciel.

— Non, ça s'est passé pendant une expédition dans la nature dans le Montana. Je faisais de la randonnée dans une zone reculée avec un groupe de Cincinnati, et un rocher a cédé sous mes pieds alors que je traversais un ruisseau. Elle s'est tordue, et un os s'est cassé.

— Elle a été traitée par la médecine primitive de la Terre, et elle a besoin d'être soignée, expliquai-je.

J'ignorais ce qu'était le Montana, ou si Cincinnati était un pays, une région ou une montagne, et je doutais que mes deux amis le sachent, eux non plus. Mais là n'était pas la question. Elle s'était blessée sur Terre, et avait été traitée par la médecine terrienne.

— Je t'ai déjà dit qu'on ne peut rien faire de mieux, dit-elle, les dents serrées. Il faut simplement que tu ralentisses.

Von et Bryn haussèrent les sourcils, puis ils sourirent. Von me donna même une tape sur l'épaule.

— Gage, bienvenue au club des Chasseurs qui ont des terriennes têtues pour compagnes.

Je n'avais pas envie de rire et je les regardai en plissant les yeux. Leurs compagnes étaient peut-être têtues, mais elles étaient pleinement revendiquées, et leurs queues étaient satisfaites. Leurs compagnes savaient pertinemment à qui elles appartenaient. Dani n'était pas mienne, pas encore. Quelqu'un pouvait toujours remettre notre couple en question. Danielle, ma belle terrienne obstinée, pouvait toujours changer d'avis. Il fallait que je la revendique ; cette exigence primitive rugissait dans mon sang de Chasseur avec une fureur que je n'avais encore jamais connue, pas même en pleine Traque. Mais elle était blessée. Sa santé passait en premier. C'était à moi de prendre soin d'elle, et je refusais qu'elle boite et qu'elle souffre alors que ce n'était pas nécessaire. Ce serait barbare.

— On va tout de suite à l'infirmerie, dis-je.

— Je ne peux pas rester allongée pendant des jours, insista Dani. Tu essayes de te débarrasser de moi, ou quoi ?

Je poussai un soupir.

— J'essaye de te guérir pour pouvoir te baiser comme un fou. Et il n'est pas question de jours. Tu seras rétablie dans deux heures.

— Deux heures ? répéta-t-elle comme si elle trouvait cela incroyable.

— Oui, deux heures que j'aurais préféré passer au lit avec toi. Mais je refuse de te revendiquer si tu es blessée.

Elle m'attrapa par le bras, s'y agrippa, et me regarda avec des yeux aussi impatients que les miens.

— Revendique-moi. Sérieusement, Gage. Je vais bien. Ma cheville aussi va bien. Je marche dessus depuis des mois. Je me suis fait opérer. J'ai eu un plâtre. Des béquilles. Et je n'ai pas besoin de ma cheville pour... tu sais.

Son rougissement était charmant, mais il ne parvint pas à m'amadouer.

— Gage, on pourra aller voir le médecin plus tard. *Après.*

— Tu iras maintenant, dis-je sur un ton sérieux, même si mon membre mourait d'envie de l'emplir.

Ses arguments ne faisaient rien pour apaiser ma colère grandissante envers ces bons à rien de médecins terriens. Une opération ? Un plâtre ? Par tous les dieux, qu'est-ce que c'était, un plâtre ?

— Je refuse que tu souffres, compagne. Ne discute pas, sinon je te coucherai sur mes genoux et je te fesserai comme une enfant désobéissante.

— Mais je *souffrirai,* si tu ne me revendiques pas. Si tu ne me touches pas...

Je ne pouvais pas la laisser terminer sa phrase, sans quoi je céderais à ses exigences. Je n'avais pas envie de continuer à me disputer, surtout que j'étais absolument certain de remporter l'argument. Je me penchai et la jetai par-dessus mon épaule. Von et Bryn s'écartèrent de mon chemin.

— Deux heures, Chasseurs. Deux heures, et je ramènerai ma compagne ici, et on s'enfermera dans nos appartements. Sans distractions.

J'entendis leurs rires alors que je portais ma compagne furieuse jusqu'à l'infirmerie, l'odeur chaude de son excitation me faisait gémir et hâter le pas.

9

ani

— JE SUIS STRESSÉE, admis-je.

J'étais assise sur la table d'examen de l'infirmerie. Gage m'avait aidée à me déshabiller et à enfiler quelque chose qui ressemblait à la tenue de sport que je portais au collège. Un tee-shirt vert menthe et un short de la même couleur. Gage s'était disputé avec un infirmier et avait refusé que je porte une blouse, estimant que la princesse avait besoin d'une tenue plus couvrante. L'infirmier avait dit qu'un pantalon serait inadapté parce qu'il me tomberait sur la cheville, et ils s'étaient mis d'accord pour que je mette un short.

Heureusement, cela m'avait changé les idées, mais pas pour très longtemps.

Je n'aimais pas les cabinets des médecins. Les hôpitaux. Qui aimait ça ? Les lieux ressemblaient un peu aux urgences sur Terre, mais les gadgets et les lumières sur les murs faisaient plus penser à *Star Trek* qu'à l'hôpital municipal. Tout était stérile, blanc et glacial. Mais Gage se plaça derrière moi et me passa les doigts sur la joue. Je n'avais pas froid.

— La dernière fois que tu as dit ça, je t'ai fait jouir avant de glisser ma queue entre tes fesses sublimes pour revendiquer ton cul. Tu veux que je glisse ma main dans ton short pour te faire jouir avant le retour du médecin ?

J'étais à la fois excitée et pétrifiée. Je ne pus m'empêcher de me trémousser sur la table, et la bosse dans son pantalon m'apprit qu'il était tout aussi excité que moi. Je savais qu'il essayait de me distraire, mais qu'il était sérieux. Si j'avais besoin de jouir pour me détendre, il n'hésiterait pas à m'y aider.

— On peut toujours revenir plus tard, proposai-je. On n'est pas obligés de faire ça maintenant. J'ai vécu avec ma cheville dans cet état un bon moment.

— Et tu as aussi vécu toute ta vie sans te faire baiser. Ces deux choses seront résolues aujourd'hui. Tu es ma compagne, et je m'assurerai de régler ces *deux* problèmes.

Comme si être sa compagne pouvait tout arranger. J'avais beau être contente que mon bien-être lui tienne autant à cœur, j'étais également très troublée. Je voulais coucher avec lui. Tout de suite. Nous étions enfin sur le point de le faire, et il avait fallu que mon imbécile de cheville nous interrompe. Ridicule. Mais rien de ce que je dirais ou ferais ne ferait changer d'avis à Gage. Alors je laissai tomber. Cela ne voulait pas dire que je n'avais plus peur de l'inconnu. C'était un peu comme se faire extraire les dents de sagesse. On ignorait à quoi s'attendre, mais cela n'avait pas d'importance, jusqu'à ce que ce soit à notre tour de se faire enfoncer des pinces dans la bouche.

— Je ne connais pas très bien votre technologie, dis-je. Je sais ce qu'est une baguette ReGen ; mais c'est quoi, une capsule ReGen ?

— C'est une couchette qui vous met en état de stase et qui permet à votre corps de se régénérer, de guérir d'une façon qui lui est impossible quand vous êtes éveillée, dit le médecin en revenant dans la pièce.

Il avait une tablette semblable à celle dont se servait la Gardienne Égara au Centre de Test du Programme des Épouses Interstellaires.

Nous nous tournâmes vers l'Everien, et il nous adressa une petite révérence à tous les deux. Je n'avais pas l'habitude que l'on me témoigne un tel respect, mais je doutais que mon compagnon, *le prince*, ait le même problème. Le médecin était très grand, comme Gage, mais il devait avoir une dizaine d'années de plus que lui. Son expression était grave, mais sa voix était calme.

— Vous allez m'endormir ? demandai-je.

Je m'agrippai à la main de Gage. Fort. L'idée d'être endormie pour qu'ils puissent pratiquer des interventions que je ne connaissais pas ne m'enchantait pas.

— Avant toute chose, je vais devoir opérer votre cheville.

— L'opérer ? demanda Gage. C'est draconien. Pour quelle raison ?

L'expression du médecin ne changea pas, même face au ton grognon de Gage. Savoir que mon compagnon ne voulait pas que je me fasse opérer ne me rassurait pas, surtout qu'il tenait vraiment à ce que je sois guérie.

— Elle a des broches dans les os de la cheville, pour les maintenir ensemble. Un métal de basse qualité introuvable sur Everis, sauf dans la cheville de votre compagne. La capsule ReGen ne peut pas accomplir sa tâche si le métal reste en elle. Nous allons l'extraire, puis la capsule se chargera de la soigner.

— Je ne peux pas me faire opérer maintenant, intervins-je. Ton ascension à lieu demain. Le bal. Je te l'ai dit, attendons, je n'ai pas envie de rater tout ça. Ma cheville, ce n'est pas très grave.

Gage m'adressa un regard qui me poussa à me mordre la lèvre inférieure. Je me ferais opérer, que je le veuille ou non.

— Combien de temps cela prendra-t-il ? demanda-t-il au médecin ?

— Trois heures.

— Trois heures ? répétai-je, incrédule. C'est tout ?

— Nous sommes sur Everis, Princesse. Cela pourrait être plus court, mais nous devons extraire le métal d'abord.

Je n'avais pas l'habitude que l'on m'appelle princesse et c'était... étrange. Je levai les yeux vers Gage.

— Je ne suis plus simplement stressée. J'ai peur en plus maintenant.

— Je resterai avec toi, me rassura-t-il.

— Tu ne peux pas rester avec moi en salle d'opération, rétorquai-je, sans joie.

— Je ne te quitterai pas une seconde, insista-t-il, en regardant le médecin.

— C'est exact. Il peut rester. Je peux vous administrer une anesthésie locale pour l'extraction, si vous souhaitez rester consciente. Je vous conseille d'être endormie pour éviter un traumatisme psychologique en voyant des morceaux de métal être tirés de votre chair. Mais c'est à vous de décider.

Dit comme ça... Je frémis en m'imaginant regarder ma cheville être ouverte, le médecin m'enlever mes broches, anesthésie ou pas.

— Quand ce sera terminé, vous serez placée dans une capsule ReGen pendant deux heures. Là, vous serez inconsciente pour laisser la machine faire son travail, mais le prince pourra rester à vos côtés. Pendant toute la procédure.

Cette fois, Gage me pressa la main.

— Docteur, vous pouvez nous laisser un moment, pendant que vous vous préparez ?

Je serais opérée, que je le veuille ou non. Tout de suite. Je savais que Gage ne me laisserait pas quitter l'infirmerie tant que ça ne serait pas réglé.

— Bien sûr.

Le médecin quitta la pièce en s'inclinant à nouveau, et Gage s'assit à côté de moi sur la table d'examen. Il me souleva – avec une facilité absurde – pour me poser sur ses genoux, et me caressa les cheveux. Il était chaud, son corps était ferme, mais il était doux. Avec moi, en tout cas.

— Si je refuse, que je te dis que ce n'est pas ce que je veux, tu me feras endormir, pas vrai ?

C'était un mâle alpha autoritaire, alors je me doutais de sa réponse.

— Réfléchis. Dans trois heures, ta cheville sera complètement guérie dit-il au lieu de me répondre. Tu pourras courir autant que tu le souhaites. Et je te promets que je te courrai après.

Il m'embrassa le sommet du crâne. Je ne dis rien, me contentai de savourer son étreinte, ses mains apaisantes qui glissaient le long de mon dos.

Le médecin revint.

— Vous souhaitez être endormie pendant que j'extrairai les broches en métal, ou vous préférez une simple anesthésie ? me demanda-t-il.

Heureusement, il ne s'était pas avisé de poser la question à mon compagnon.

Je regardai Gage. Il était si proche que s'il avait tourné la tête d'un centimètre, nos lèvres se seraient touchées.

— Tu peux me prendre dans tes bras pendant qu'on m'endormira ? lui demandai-je en me mordant la lèvre.

J'étais vraiment nerveuse, et mon cœur battait la chamade. En temps normal, le sang ne me dérangeait pas beaucoup, mais quand il s'agissait du mien ? Je risquais de m'évanouir.

Gage m'embrassa alors avec tendresse. Douceur.

— Oui, et je ne lâcherai pas ta main pendant tout le temps de l'intervention. C'est promis.

Je regardai le médecin. Poussai un soupir.

— Bon, d'accord. Endormez-moi.

Le médecin s'affaira dans la pièce tandis que Gage se mettait à me murmurer des mots doux à l'oreille.

— Dans trois heures, quand tu te réveilleras, on retournera dans nos appartements et je te déshabillerai.

Le médecin revint, et je m'attendis à le voir avec une intra-veineuse ou une piqûre. Il avait une baguette qui ressemblait à celle ReGen dont nous nous étions servis dans la navette pour soigner les bleus et les égratignures de Gage, ainsi que le gonflement de ma cheville.

— J'adore tes seins et sucer tes tétons roses. J'adore ta saveur ; ton miel sucré n'appartient qu'à moi.

Si le médecin avait entendu les mots charnels de Gage, il ne laissa rien paraître. Il tripota quelques boutons de sa baguette alors que mon compagnon continuait de me susurrer des choses.

— Quand tu seras sous mon corps, dans trois heures, je glisserai ma queue dans ta chatte. Je revendiquerai la dernière virginité que tu m'as réservée.

Le médecin leva sa baguette, et une lumière rouge apparut. Il l'agita devant mon visage et je ne pus m'empêcher de la suivre avec mes yeux. Je me détendis contre Gage, et sentis le sommeil s'emparer de moi. Mes yeux se fermèrent, et je me laissai aller au son de la voix de mon compagnon.

— Tu seras tellement mouillée, tellement serrée, que j'en perdrai la tête. *Tu* me feras perdre la tête. Ma compagne, mon am...

———

Gage

Le médecin avait surestimé de vingt minutes le temps qu'il

faudrait à Dani pour guérir. Heureusement. Assis, j'attendis que le couvercle transparent de la capsule ReGen se soulève pour pouvoir lui tenir la main à nouveau. Je l'avais gardée dans la mienne pendant que la médecin lui ouvrait la cheville, en sortait de petits morceaux de métal terrien, puis la plaçait dans une capsule ReGen. Mais la capsule devait être fermée pour fonctionner, alors j'étais resté assis à côté, à observer et à attendre que la chair se referme et guérisse. J'avais contrôlé le minuteur jusqu'à ce qu'il sonne, jusqu'à ce que je sente les vibrations et le bourdonnement de la capsule cesser. Le couvercle s'ouvrit en coulissant, et je pus de nouveau la toucher, lui tenir la main. Je lui avais fait une promesse, que j'avais tout fait pour respecter, vu l'intervention qu'elle avait subie.

Puis je retins mon souffle et attendis qu'elle se réveille.

Mon amour. Mon cœur.

Elle avait traversé la galaxie pour me sauver la vie. Et si elle voulait que je fasse quelque chose d'aussi simple que de lui tenir la main, alors je le ferais.

Et j'attendrais avec l'impatience d'un homme qui voulait que sa compagne soit en un seul morceau, en bonne santé. Qui voulait voir ses yeux clairs pétiller de bonheur, d'excitation. Voir son sourire et savoir qu'il m'était réservé.

Quand ses doigts se contractèrent enfin sur les miens, je sus qu'elle se réveillait. Moins d'une minute plus tard, elle cligna des yeux. Encore. À la seconde où ses yeux se posèrent sur moi, je sus qu'elle était véritablement revenue à elle.

Trois heures, c'était trop long. J'avais confiance en les technologies médicales éveriennes, mais cela ne voulait pas dire que je ne m'inquiétais pas, même si le médecin m'assurait que tout s'était bien passé. Avec l'esprit vif de Dani et sa propension à prendre des risques inconsidérés, je savais que je m'inquiéterais pour elle jusqu'à la fin de mes jours.

Elle se redressa dans la capsule, si vite qu'elle me

donna presque un coup dans le menton. Je ris en me rasseyant et je chassai les mèches de cheveux qui lui tombaient sur le visage. Ses joues étaient roses et elle était alerte, comme si elle venait de faire une sieste, pas de se faire opérer et de passer un moment en capsule ReGen.

— Est-ce que je suis... guérie ? demanda-t-elle d'une voix rauque.

Je pris un gobelet d'eau, que je lui tendis. Elle s'en saisit et but à grandes gorgées. J'essuyai la goutte accrochée à sa lèvre inférieure avec mon pouce.

Le médecin entra dans la pièce.

— Ma tablette m'informe que vous êtes réveillée, dit-il avant de nous sourire à tous les deux. Testons cette cheville, d'accord ?

Il me regarda, conscient que je ne le laisserais pas la toucher, pas maintenant qu'elle allait bien. Je me levai, la soulevai et la posai sur ses pieds, mai en gardant un bras autour de sa taille. Le short et le tee-shirt vert pâle étaient trop grands pour elle, et me rappelaient à quel point elle était menue et fragile.

Elle passa d'un pied sur l'autre, agita et fit tourner sa cheville d'un côté, puis de l'autre. Le médecin attrapa une baguette ReGen et un autre capteur, puis s'agenouilla devant elle.

— Levez la jambe.

Avec mon bras autour de sa taille, elle put garder l'équilibre et suivre les instructions du médecin tandis qu'il lui faisait passer plusieurs tests.

— Elle n'a pas l'air d'avoir changé, dit-elle la tête penchée pour le regarder.

— L'opération a servi à extraire le métal, dit-il en regardant les résultats qu'affichaient ses instruments. La capsule ReGen a réparé les os et les entailles que j'ai faites pour retirer les broches. Mais les cicatrices de l'intervention que vous avez subie sur Terre persisteront. Sautez en l'air.

Je lâchai Dani et retins mon souffle alors qu'elle suivait les ordres du médecin et bondissait à quelques centimètres du sol. Je vis la façon dont ses seins rebondissaient, même sous le tee-shirt ample et je me réjouis que le regard du médecin soit tourné bien plus bas.

— Je ne sens... rien, dit-elle d'un ton hésitant.

Elle regarda le médecin, puis moi. Son expression se fit pleine d'espoir.

— Les relevés sont normaux. Je vais vous passer les termes techniques et vous dire que votre cheville est guérie. Tous les dégâts ont été soignés.

— Comme ça ? demanda-t-elle, émerveillée.

Le médecin se leva. Sourit.

— Comme ça, dit-il avant de se tourner vers moi. Aucune contre-indication.

Mon sexe gonfla à ces mots, parce que je savais que Dani était en parfaite santé, et que rien ne m'empêchait plus de la revendiquer. ENFIN.

— Merci, Docteur.

Il s'inclina de nouveau devant moi.

— Vous servir est un honneur.

Quand il s'en alla, je levai le menton de Dani et l'embrassai, un simple effleurement de mes lèvres sur les siennes. Elle se mit sur la pointe des pieds et se jeta à mon cou. Je la soulevai, saisis ses fesses parfaites, et elle me passa les jambes autour de la taille. Ses seins menus s'écrasèrent contre mon torse, ses tétons aux pointes durcies.

— Gage, soupira-t-elle en approfondissant notre baiser.

Mon érection se nicha contre son sexe, seulement séparés par nos vêtements.

— Maintenant, s'il te plaît, me supplia-t-elle.

Je reculai la tête, mais ne la reposai pas.

— Pas ici.

Elle secoua la tête.

— Non. Pas ici. Mais maintenant. Je t'en prie. Je veux devenir tienne, de toutes les façons possibles. Tu me l'as promis.

Je gémis, mon sexe lancinant et émettant du liquide pré-séminal.

Nous avions connu tant de contretemps. Un enlèvement. Une famille indiscrète. Des blessures. Revendiquer Dani n'avait pas été une tâche facile, mais le moment était venu. Ça allait arriver, pour de vrai. Il me suffisait de l'emmener dans mes appartements et de fermer la porte à clé. La cérémonie de l'ascension avait lieu le lendemain, et je voulais que ma compagne, pleinement revendiquée, soit à mes côtés. En attendant, personne n'avait besoin de nous.

Dani se tortilla dans mon étreinte, et je la posai par terre. Elle quitta mes bras et marcha dans la pièce, fit quelques sauts. Ses seins se mirent à nouveau à bondir sous son tee-shirt uni. Ce vêtement, ainsi que le short vert assorti, était unisexe et peu séduisant, mais mes bourses étaient douloureuses tant j'avais envie de la remplir. Même vêtue d'un sac, elle m'aurait plu.

— Compagne, grognai-je alors que mes doigts me démangeaient, désireux de se glisser sous son tee-shirt pour jouer avec ses tétons sensibles.

Elle me regarda sous ses cils pâles.

— Oui ? répondit-elle d'un ton faussement timide.

— J'ai regardé le médecin te découper la cheville, en sortir des morceaux de métal. Je suis sûr que tu es soignée, mais je ne veux pas te faire du mal.

— Je vais très bien, dit-elle en riant, visiblement impressionnée par la technologie éverienne. C'est incroyable, mais c'est vrai. Je suis totalement guérie.

— Si ce n'est pas le cas, je te jetterai sur mes genoux et je te fesserai.

Ses joues rosirent, et ses yeux brûlèrent de désir. Elle se mordit la lèvre.

— Pour ça, il faudrait déjà que tu m'attrapes.

Et elle déguerpit, quittant la pièce en un éclair.

Oh, elle y aurait droit, maintenant. Une fessée et une bonne baise.

ani

— JE CROYAIS que tu avais dit que tu me donnerais une fessée pour me punir de t'avoir contredit, dis-je à voix basse.

J'étais nue dans le tube de bain – que les simples mortels appelaient une cabine de douche – avec Gage, et il me lavait, passant ses mains savonneuses sur chaque centimètre carré de mon corps. Aucune partie de moi ne fut épargnée. Contrairement aux tubes de la Pierre Angulaire et de chez Bryn, celle-ci était spacieuse, assez grande pour nous deux.

— Compagne, tu apprendras qu'en ce qui concerne ta santé et ta sécurité, je ne tolérerai pas que tu me désobéisses. Tu es entourée de Chasseurs d'Élite, Dani, des hommes assez forts pour te briser la nuque en un clin d'œil. Et nous avons des ennemis. N'argumente jamais avec moi. Je ne peux pas supporter de te voir souffrir, mon amour. Vraiment. Ne me demande pas ça.

Il ne me regardait pas dans les yeux alors que ses mains

parcouraient mon corps avec douceur, s'assurant que je sois guérie. Entière. Prête pour lui.

J'attrapai la main qu'il avait posée sur ma hanche et la portai à mes lèvres pour l'embrasser. Bon sang, comment avais-je pu être aussi chanceuse ? Les larmes me montèrent aux yeux, me brûlant les paupières alors que je laissais retomber sa main et que je tournais la tête pour les essuyer. C'était bête de pleurer. Ça ne me ressemblait pas.

Et ce n'était pas non plus mon genre d'avoir un Compagnon Marqué. Ce n'était pas mon genre d'avoir des ancêtres extraterrestres – Everiens. Et ça ne me ressemblait pas du tout non plus de devenir princesse demain.

Mais d'une manière ou d'une autre, les projets de vie que j'avais eus avaient largement dévié de ce qui était prévu. Et je ne m'en plaignais pas.

D'instinct, Gage savait ce qu'il me fallait. L'opération et ma période de récupération dans la capsule ReGen étaient passées en un clin d'œil, mais j'avais tout de même la sensation d'avoir fait un séjour à l'hôpital. Je voyais le regard sombre dans ses yeux, sentais son désir dans chaque muscle tendu de son corps, entendais le timbre grave de sa voix. Je savais qu'il avait besoin de me toucher, de s'assurer que j'allais bien, que j'étais guérie, que j'étais sienne. Il me désirait tout autant que je le désirais.

Il aurait aisément pu me faire tout oublier avec quelques baisers, mais j'avais envie de me sentir propre, de me laver du temps passé à l'infirmerie. Je voulais aussi chasser ces moments de l'esprit de Gage. Je savais qu'il avait été là, qu'il avait assisté à l'opération, qu'il avait vu les incisions et le sang. Je savais la douleur que j'avais éprouvée en le trouvant dans cette grotte, battu et en sang. Si je l'avais connu autant que je le connaissais maintenant à ce moment-là, si j'avais connu ses caresses, son sourire et son cœur, cela aurait été dix fois plus difficile.

Et les Chasseurs éveriens avaient beau paraître possessifs et protecteurs, je ne pouvais même pas imaginer l'enfer qu'il avait vécu en me voyant saigner sans pouvoir y faire quoi que ce soit. Cela avait dû être terrible. Il avait besoin de me toucher, de sentir chaque centimètre de moi, de savoir que j'étais vraiment entière avant de me mettre dans son lit. J'avais le sentiment qu'il serait très doux pour notre première fois – c'était ce que je pensais en tout cas –, mais je n'avais pas envie qu'il se retienne. Pas pour quelque chose d'aussi bête qu'une blessure à la cheville vieille de plusieurs mois.

Et puis, une blessure ? Quelle blessure ? Ha ! Ces capsules ReGen étaient miraculeuses.

Ma cheville était comme différente. Elle ne me faisait pas mal, n'était pas faible. La sensation de rigidité qui m'accompagnait depuis des mois avait disparu, et je savais que les tests du médecin étaient exacts. J'allais bien. Je porterais les cicatrices terriennes pour me souvenir de ce qui s'était passé, mais je m'en fichais. Les cicatrices prouvaient que les gens avaient vécu, et les miennes étaient le seul signe extérieur que j'avais vécu sur Terre. Elles me rappelleraient la vie que j'avais laissée derrière moi. La blessure, désormais guérie, me rappellerait le chemin que j'avais parcouru. J'avais des cicatrices à l'extérieur, mais intérieurement ? Ma cheville était parfaite. Entière. Comme le reste de mon corps.

— Quand je t'aurai mise au lit, je ne te laisserai pas en sortir avant demain.

Les mains de Gage se baladèrent, couvertes de bulles de savon, sur mon ventre, puis elles remontèrent pour s'emparer de mes seins alors que l'eau chaude coulait sur nous.

Je renversai la tête en arrière, les yeux fermés alors qu'il me faisait reculer, jusqu'à ce que mon dos heurte la surface plus froide du mur en céramique.

— Je crois que cette partie de moi est propre, murmurai-je après qu'il semblait avoir passé plusieurs minutes à jouer avec mes tétons sensibles.

Je le sentis tomber à genoux devant moi.

— Alors je passerai à une autre zone.

L'*autre zone* était apparemment située entre mes cuisses. Ses mains descendirent pour soulever une de mes jambes et la placer par-dessus son épaule, m'ouvrant à lui. Il ne fit pas traîner les choses ; nous avions peut-être connu assez de contretemps comme ça. Sa bouche trouva mon centre, et le plat de sa langue me caressa de haut en bas avec une telle agilité et précision que je poussai un cri. Je plaquai ma main sur le mur du tube pour garder l'équilibre, même si je savais qu'il ne me laisserait pas tomber.

— Gage ! m'exclamai-je.

De la chaleur me pulsait dans les veines, rien qu'à cause de la caresse mouillée de sa langue talentueuse.

— Oui, compagne ? me taquina-t-il.

J'ouvris les yeux et regardai mon compagnon, nu et à genoux. Il était tellement beau, si parfaitement mien. Le voir là, entre mes jambes, en train de dévorer mon sexe comme un homme possédé, était peut-être la chose la plus sexy que j'aie jamais vue de ma vie.

— Cette chatte est à moi, dit-il.

Il me mordilla la cuisse alors qu'il glissait deux doigts en moi, m'ouvrant lentement, l'étirant pour faire de la place à son sexe, bien plus grand. Je ressentis un petit tiraillement, une légère douleur, mais quand il rompit cette barrière, il gémit.

— À moi. À moi, putain.

Sa bouche s'ouvrit sur mon clitoris, et il se mit à me pénétrer lentement et délicatement avec ses doigts. Sa langue était tout sauf douce, et me léchait, m'aspirait. Me goûtait. Me possédait.

Je m'envolais, les sensations puissantes, mais pas assez. Je le voulais en moi, son corps pressé contre le mien. Je voulais être couverte de sa chaleur. Enveloppée. Submergée. Je voulais me laisser aller.

— S'il te plaît.

Je le suppliais. Je m'en fichais.

Il retira ses doigts, fit le tour de mon entrée, et se renfonça profondément alors que sa langue accomplissait des miracles.

Je jouis, mon corps s'écroulant contre le mur du tube, alors que seules sa main, sa bouche, sa force me maintenaient en place pendant que mon sexe se contractait sur ses doigts.

Quand je pus parler, je pris son visage dans mes mains. Croisai son regard sombre. Seigneur, j'avais chaud, et mon sexe se contractait en rythme, ce qu'il parvenait à sentir, j'en étais certaine. Il me regardait, mais il me pénétrait avec ses doigts. Lentement. Sensuellement. Tellement coquin.

Je me sentais coquine. Et je savais ce que je voulais. Quelque chose de nouveau. Quelque chose de coquin et de sauvage, qui me ressemblait tellement peu que je faillis ne même pas lui dire ce que je voulais, ce dont j'avais besoin.

— Dani, je le vois dans tes yeux. Dis-moi. Dis-moi ce que tu veux.

Quand il me regardait ainsi, je ne pouvais rien lui refuser. Ni rien me refuser à moi-même.

— Donne-moi une fessée.

La chaleur monta lorsqu'il s'essuya la bouche du dos de la main. Il se leva, passa les bras autour de moi et me souleva pour me faire sortir du tube. L'eau se coupa automatiquement alors qu'il prenait une serviette et me séchait des pieds à la tête. La friction me donna encore plus chaud, m'excita davantage. Puis il se sécha rapidement à son tour avant de jeter la serviette par terre, la tête penchée.

— Au lit. Tout de suite.

Il était parfait. Magnifique. Des muscles fermes, des épaules larges, une taille fine, un sexe dressé, avec une goutte de fluide au bout du gland. Il était tout à moi. Chaque délicieux centimètre carré de lui.

Je me mordis la lèvre pour ne pas sourire alors que je pénétrai dans la chambre. Je l'entendais me suivre alors que je me dirigeais vers le lit. Je le regardai par-dessus mon épaule, consciente qu'il épiait chacun de mes gestes.

Je savais que la capsule ReGen avait guéri ma cheville, mais je me sentais comme neuve. Comme si j'avais passé la meilleure nuit de sommeil de ma *vie*. Cela me faisait me sentir... audacieuse. J'avais beau être excitée par Gage, j'ignorais ce qui allait se passer ensuite. Pas lui. Et cela me donnait envie de le titiller. De le rendre fou... eh bien... de moi.

Je me penchai en avant et posai les mains sur le lit, les fesses en arrière. Il m'avait déjà revendiquée là, l'acte le plus intime qui soit, alors je ne pouvais pas jouer les pudiques.

Je ne le fis pas. Je fis même tout le contraire.

— Ça te plaît ? dis-je.

J'agitai les fesses, consciente qu'il voyait tout. Ma chatte mouillée – j'étais tellement trempée que mes cuisses étaient humides – et mes seins qui se balançaient.

— Compagne, tu es *très* coquine, fit-il remarquer en se dirigeant vers moi à grands pas, le sexe pointé en avant, droit vers moi.

Et il aimait que je sois coquine. Sa lèvre relevée, ses yeux de plus en plus sombres alors qu'il me regardait dans cette pose provocante. Mon sexe présenté à lui. Je le narguais de façon évidente, une tentation à laquelle je ne voulais pas qu'il résiste.

Je voulais qu'il devienne mien. Tout à moi. Officiellement. Légalement. De toutes les façons dont il m'était possible de le revendiquer. Je voulais avoir sa semence en moi. Son enfant dans mon ventre. Son membre ? Son corps ? Son esprit ? Son cœur ? Son âme ?

À moi.

Je m'appuyai sur les avant-bras alors qu'il parcourait la distance qui nous séparait. Il resta debout derrière moi, avec une main qui me caressait les fesses.

— Tu veux sentir ma paume ? me demanda-t-il en levant la main et en l'abattant.

Le claquement résonna dans la pièce, et je sursautai. Ce n'était pas une fessée très sévère, et seule une légère douleur l'accompagnait. Je fermai les yeux et savourai la sensation. Il me donna une autre tape enjouée, puis il glissa les doigts sur mon sexe.

Je poussai un cri et rejetai la tête en arrière, les yeux braqués sur le mur du fond.

— Gage ! m'exclamai-je alors qu'il faisait le tour de mon entrée.

Je poussai les hanches en arrière, en espérant qu'il plongerait de nouveau en moi. Mon sexe était douloureux. Si gonflé. Si vide.

Je savais ce que c'était d'être emplie, mais seulement par derrière. Mon sexe souffrait d'être aussi vide, en manque d'un membre sur lequel se contracter pour extraire toute la semence de Gage.

— Quelle avidité, dit-il.

Sa voix était rendue rauque par le désir, mais elle était enjouée.

— Encore, dis-je.

Il me donna une autre petite tape, cette fois sur l'autre fesse.

— C'est moi qui commande maintenant, compagne. Tu es la maîtresse de ma queue, mais c'est moi qui décide quand elle s'enfoncera dans ta chatte.

— Du moment que c'est tout de suite, répliquai-je avec sérieux.

Ses doigts ne se contentaient plus de me titiller, à présent, surtout lorsqu'ils caressaient mon clitoris avec une précision experte.

Il me souleva et me retourna, me jeta sur le dos sur le lit. Je rebondis une fois, puis retombai la tête sur l'oreiller. Gage plaça un genou sur le matelas et vint se placer au-dessus de moi, une main d'un côté de ma tête pour se maintenir. Il saisit son sexe par la base, et le caressa de bas en haut.

— Comme je te l'ai dit, compagne, tu me diriges. Corps et âme. Cette queue est à toi. Cette semence ?

Il passa le doigt sur son gland pour récupérer le fluide qui s'y trouvait et la porter à mes lèvres. J'y donnai un coup de langue et léchai la goutte salée. Ses yeux suivaient mes gestes, et il cessa de parler, cessa de respirer un instant.

— Tout ça, c'est pour toi. Pour ta chatte. Je vais t'emplir avec ma queue, puis je t'emplirai avec ma semence. Si les dieux le veulent, nous concevrons un bébé cette nuit même.

L'idée de faire un bébé avec lui me poussa à me tortiller, mais il me cloua sur place d'un regard sombre.

— Mais sache cela. Tu es mienne. Je te revendique, Danielle de la Terre, comme ma Compagne Marquée.

Il plaça une main sur son sexe, qu'il guida vers mon entrée. J'écartai davantage les jambes pour lui faire de la place.

— Et tu es mien, murmurai-je.

Je sentis son gland épais glisser entre mes replis, le sentis buter contre mon entrée, s'y nicher. Nos regards se croisèrent alors que je prenais la main posée sur son sexe et entremêlais nos doigts, pressais nos Marques l'une contre l'autre pour que leurs chaleurs circulent entre nous.

Il se pressa davantage pour s'enfoncer en moi. Je ne pouvais pas détacher mes yeux de lui. Je n'avais pas envie de le quitter du regard. C'était le moment où je devenais sienne. Son sexe allait là où aucun autre n'avait jamais été, là où aucun autre n'irait jamais.

J'écarquillai les yeux alors qu'il m'étirait, vis ses iris s'assombrir de manière inimaginable. Il s'enfonça davantage, puis encore. Je retins mon souffle alors qu'il me pénétrait entièrement et que ses hanches se collaient aux miennes.

J'étais si pleine, que je ne savais plus où le corps de Gage s'arrêtait et où commençait le mien.

— Mienne, grogna-t-il.

Je ne pus que hocher la tête alors que mes parois internes ondulaient et se contractaient, s'ajustant à son invasion. Il était bien membré et brûlant, et je l'avais pris en entier, jusqu'au dernier centimètre.

De la sueur perlait sur son front alors qu'il restait immobile, alors que nos marques pulsaient en rythme avec nos cœurs.

Il se retira, et je poussai une exclamation. Il gémit. La friction embrasa mon corps, mon désir de jouissance immense. Je n'avais pas eu mal, et ce n'était pas le moment de me demander pourquoi je ne souffrais pas. Je ne voyais que Gage, ne pouvais penser qu'à lui. Je le sentais. Le respirais.

— Tu es tellement serrée. Tellement chaude. Mouillée, susurra-t-il en bougeant les hanches pour aller et venir lentement.

Il ne jouait plus. Il me... faisait l'amour. Notre lien était réel, intense. Les émotions indescriptibles.

Ses va-et-vient prirent plus d'amplitude, et je me mis à aller à leur rencontre alors que nous trouvions notre rythme, un tempo vieux comme le monde.

— Gage, je vais jouir, m'exclamai-je quand il fit le tour de mon clitoris, le caressant pile comme il fallait.

— Jouis pour moi. Jouis sur ma queue, et je te suivrai.

Je cambrai le dos pour le prendre plus profondément et j'obéis. Je jouis avec force. Puissance. Je sentis une douleur brûlante dans ma paume alors que j'entendais Gage grogner, que je le sentais gonfler, puis éjaculer en moi.

Le plaisir continua, mais nos marques se turent, comme si le lien était complet ; comme si nous n'en avions plus besoin comme guide pour nous trouver. C'était là que des Compagnons Marqués étaient censés se trouver. Ensemble. Unis. Avec sa semence dans mon ventre pour continuer sa lignée. Notre destin.

11

— C'EST OFFICIEL ? me demanda Katie.

Elle ouvrit la porte de mon dressing et entra, vêtue d'une superbe robe de bal bleue qui mettait en valeur la couleur de ses yeux à la perfection. Sa jupe évasée avait la teinte d'un océan sombre et agité. Mais le haut moulant dégageait une épaule et était couvert de dentelle noire délicate. Lexi entra juste après elle, habillée d'une robe de bal complètement noire. Ses cheveux et ses yeux bruns la faisaient ressembler à une déesse grecque.

En entendant la question de Katie, je sentis mes joues me brûler et je me retournai pour contempler l'inconnue que je voyais dans le miroir. Moi. En robe et sans jean et chaussures de marche. Ma robe était champagne, en soie et couverte de tulle si fin que l'on aurait dit de l'air. Le corsage moulait ma silhouette menue. Mes épaules et mes bras étaient nus, seulement couverts du tissu transparent brodé des plus belles fleurs que j'aie jamais vues. Elles flottaient autour de ma robe, sur mon décolleté et autour de ma taille, jusqu'au bas de la jupe. Je l'adorais.

— Alors ? insista Katie.

— Oui. Il est mien.

La cérémonie de l'ascension aurait lieu juste après, et Gage m'avait autorisée – comme si j'avais besoin de ça – à aller m'habiller en compagnie de Katie et Lexi. Bien sûr, Von n'était pas loin, tout comme quelques-uns de ses gardes pour me protéger. J'étais reconnaissante à mes deux meilleures amies de m'avoir trouvé une robe pendant que j'étais à l'infirmerie et... eh bien, occupée avec Gage.

Mes amies poussèrent des cris suraigus et se précipitèrent vers moi, toutes deux luttant pour trouver de la place à nos jupons encombrants.

— C'est bon, c'est bon ! dis-je en riant face à leur enthousiasme, mais aussi parce que mon visage était en train de s'empourprer parce que je pensais aux choses que Gage m'avait faites, aux endroits qu'il avait touchés, embrassés et... explorés. Pas seulement la première fois, mais... toute la nuit.

Et j'avais adoré ça. Je l'avais supplié de ne pas arrêter.

Comment pouvais-je regarder mes amies en face après toutes les choses salaces et coquines que j'avais faites ?

Mais à en juger par leurs regards entendus, elles savaient *parfaitement* quel genre de nuit je venais de passer.

— On est des sacrées petites chanceuses, hein ? dit Katie avec un grand sourire.

Lexi arrangea mon jupon et dit :

— C'est clair.

Elle recula en secouant la tête et ajouta :

— Cette robe est trop belle pour être vraie.

— Je suis d'accord. Merci de l'avoir trouvée pour moi, les filles.

Je tournai sur moi-même pour admirer sa jupe ample et la jolie couleur champagne qui faisait apparaître mes cheveux encore plus dorés que d'habitude. Mes yeux ressortaient comme deux océans bleus, et je devais bien admettre que je ressemblais à une princesse de conte de fées. Et le plus incroyable, c'est que j'en étais *vraiment* une.

— Je n'arrive pas à croire que c'est moi.

— Tu peux y croire, me répondit Katie en souriant et en haussant un sourcil. Mais ce n'est pas nous qui l'avons choisie. En fait, c'est la première fois qu'on la voie.

— Alors, qui ? demandai-je.

— C'est Mauve. Je l'ai entendue parler à Gage de ta robe, et de celle de Rayla, dit Lexi avec un sourire, visiblement aussi contente que moi. Qu'importe d'où cette robe vient, elle va mettre ton homme à genoux.

Je gloussai. Je ne pouvais pas m'en empêcher, et je laissai échapper la vérité :

— C'est dans cette position qu'il était hier soir.

À me lécher. Me goûter. Me pousser à le supplier, à me briser en un million de morceaux pour pouvoir les recoller.

— Von aussi, dit Lexi avec un visage tout à fait sérieux. J'ai joui deux fois avant qu'il m'autorise à m'asseoir.

Le silence était assourdissant, jusqu'à ce que je jette un regard à Katie et que nous éclations toutes les deux de rire.

Nous souriions toutes lorsque je me retournai vers le miroir, toujours sans voix face à mon reflet.

— Ce n'est *pas* moi. Ça ne peut pas être moi.

Mes cheveux blonds étaient relevés sur le sommet de ma tête dans un chignon élaboré qui avait nécessité plus d'une heure de travail. Je jetai un regard alentour et vis que Lexi m'observait.

— Tu ressembles vraiment à une princesse, dit-elle.

Katie tapa dans les mains et hocha la tête.

— Ca-rré-ment !

Je tendis les bras, et mes amies s'approchèrent pour que je puisse les serrer contre moi, mes mains autour de leurs tailles. Nous étions en rang, et je pouvais nous voir toutes les trois dans le miroir.

— Regardez-nous. On aurait notre place à Disneyland. Bon sang, je me souviens de ma panique au Centre de Test des Épouses Interstellaires. Si j'avais su que ma vie prendrait ce tour là, j'aurais signé plus tôt.

Lexi posa la tête sur mon épaule.

— Meilleures amies pour la vie, hein ? Quoi qu'il arrive ?

— Quoi qu'il arrive.

— Quoi qu'il arrive, répéta à son tour Katie.

Une seconde plus tard, quelqu'un nous interrompit en frappant à la porte.

— Bonsoir là-dedans. Danielle ? C'est l'heure d'y aller.

Mauve.

Lexi me prit par une main et Katie par l'autre, et je levai les yeux au ciel. Apparemment, avoir une belle-mère cinglée n'arrivait pas seulement sur Terre. Je pris une grande inspiration.

— Bon. Allons-y.

L'on frappa encore, et la porte de mon dressing s'ouvrit. Mauve passa la tête dans la pièce.

— Vous êtes prête ?

— Oui.

Je pris le plus de forces possible auprès de mes amies, leur pressai les mains, puis les lâchai et marchai vers mon avenir. J'ignorais comment être une princesse. Complètement. J'étais une guide de randonnée plus à l'aise sur un bateau de pêche que dans une salle de bal. Ce n'était pas comme si l'on m'avait donné des leçons sur l'art d'être une aristocrate. Gage voulait seulement que je sois moi-même, mais qu'en était-il de Mauve, du peuple d'Everis ?

Mauve entra complètement dans la pièce, pencha la tête et me sourit.

— Vous êtes très jolie, ma chère.

Ouah. J'étais surprise. Je m'étais attendue à ce qu'elle m'envoie une pique, qu'elle me regarde de haut, mais rien de tout ça. Je m'éclaircis la gorge.

— Merci.

Je regardai ma robe, puis Mauve, et dis :

— Je n'arrive pas à comprendre comment elle peut scintiller à ce point. On dirait qu'on l'a couverte de poussière de fée.

Mauve sembla un peu perdue, mais elle secoua la tête avant de se pencher pour lisser un faux pli imaginaire.

— Bien sûr que non, mon enfant. C'est de la poussière de diamant extraite dans les mines familiales.

De la poussière de diamant ?

— Oh la vache.

Les mots avaient été lâchés par Katie, mais le sourire de Mauve était caché à mon amie, et Katie faillit se ratatiner.

— Vous venez vraiment de dire qu'elle porte des diamants en poudre ?

Mauve se redressa, ses épaules plus crispées que jamais. Elle était jolie, ses cheveux bruns pas encore gris, ses yeux verts étincelants. C'était une version plus âgée de Rayla, et elle avait bien vieilli.

— Notre famille est réputée pour ses mines de diamants. C'est la tradition. Gage a choisi les diamants lui-même.

J'admirai la robe avec un regard neuf, en imaginant mon compagnon en train de passer une mine au peigne fin, pour choisir quels diamants réduire en poudre pour que ma robe puisse briller. Quand avait-il trouvé le temps de faire ça ?

Je regardai Mauve.

— C'est du gâchis de diamants, non ?

Elle me sourit, mais sans douceur. Je vis la tigresse politicienne, la femme qui, selon Gage, était crainte et respectée en tant qu'adversaire d'envergure sur la scène politique. Je voyais son regard calculateur et rusé et je me jurai de tout faire pour que cette femme devienne mon amie. Cela valait mieux que de l'avoir comme ennemie.

Mais bon, au moins, elle serait protectrice envers ses petits-enfants potentiels, non ?

— C'est le but, dit-elle d'un air satisfait, ce qui était sans doute le mieux que je puisse espérer pour le moment. Et après l'ascension, la robe sera exposée au musée royal.

— Encore une tradition ? demandai-je.

— Oui. Votre robe et le costume de Gage seront exposés à la capitale pour que tout le monde puisse les voir.

Avec un haussement d'épaules, j'admirai la robe, contente de savoir qu'elle ne pourrirait pas dans un placard après la cérémonie. En plus, je ne pouvais rien faire d'autre que de profiter de sa beauté. Je jetai un regard à mes amies par-dessus mon épaule.

Lexi semblait hébétée.

— *Diamonds are a girl's best friend*, chanta-t-elle.

Katie éclata de rire.

— Et vous qui m'avez empêché de réclamer la récompense. Des robes de diamant, dit-elle en regardant Mauve. Est-ce que Rayla aussi en a une ?

— Bien sûr.

Lexi se contenta de secouer la tête en riant.

— Arrête, Katie. Allons transformer notre amie en princesse.

Nous suivîmes Mauve hors de la pièce, mon cœur battant plus vite que les ailes d'un colibri. Mais une pensée me faisait tenir, me poussait à lever le menton et à redresser les épaules :

Gage m'attendait. Mon compagnon.

Je ne lui ferais pas honte. Je ne le décevrais pas.

Non, j'allais l'aimer, me battre pour lui, être celle dont il aurait besoin. Même une princesse avec une robe crée par une marraine la fée.

Il faudrait simplement que je le fasse devant la planète entière.

Zéro pression.

age

TOUT LE MONDE ÉTAIT RASSEMBLÉ. Le cercle des Sept, situé au centre de la chambre du conseil de la capitale éverienne, était vide. Alors que je me tenais dans l'antichambre avec les autres membres du conseil, je réalisai que je serais le plus jeune conseiller. Le plus jeune membre présent.

Notre leader, une octogénaire pleine de sagesse, était réputée pour être puissante et pragmatique. Elle avait également près de trois fois mon âge.

Il ne fallait pas l'embêter, et j'espérais qu'elle survivrait encore de nombreuses années, car ses deux héritiers potentiels s'intéressaient plus au pouvoir qu'au peuple.

Alors que je me tenais là, dans les bottes montantes noires, mon pantalon noir moulant, ma chemise noire et ma veste ornée de toutes les médailles et de tous les rubans de l'histoire de ma famille, le poids de ce moment, du serment que j'allais prononcer, de la douleur d'avoir perdu mon père, menaça de faire céder mes jambes.

Je n'avais pas envie d'être là.

Je n'avais jamais eu envie d'être là.

Mon père aurait dû vivre encore vingt ou trente ans. Peut-être que pendant ce laps de temps, j'aurais pu me préparer à l'idée de prendre son poste haut placé. Mais mon père ne m'avait pas élevé pour que je me défile fasse à mon devoir. J'étais son fils, seul héritier de plus d'un millénaire d'histoire.

Sauf si mon enfant avait déjà pris racine dans l'utérus de ma compagne. La nuit précédente, je l'avais certainement emplie d'assez de semence pour que cela soit possible. Pour mon peuple, pour elle, pour nos futurs enfants, je serais prêt à n'importe quoi, à tous les sacrifices, même à me tenir là et à attendre mon ascension.

Alors je me tenais fièrement, attendant la seule chose de ma vie qui m'appartenait vraiment. La seule personne qui me rendait véritablement heureux.

Une cloche sonna, nous prévenant de l'arrivée de ma compagne et de ma mère, du début officiel de la cérémonie. Des placeurs menèrent les soixante-dix-sept juges et les soixante-dix-sept sénateurs à leurs sièges. Quand ils furent tous assis, un signe de tête fut adressé à notre leader, et elle nous mena le long de la grande allée en procession.

J'étais le dernier d'entre eux, le septième de la file, et alors qu'ils prenaient place autour de la table ronde, je m'avançai jusqu'au siège vide qui avait appartenu à mon père. Le silence tomba sur la pièce.

Avec un bref regard vers un coin de la pièce, je vis ma compagne, debout avec les autres.

Bon sang, elle était superbe. Royale. La princesse parfaite. Mais je connaissais la vraie Dani, celle qui ne portait pas de poudre de diamant, de maquillage et de coiffure élaborée. Je la connaissais nue et ouverte. Débarrassée de tout sauf... d'elle-même. Ses cheveux ébouriffés et emmêlés dans mes doigts. Ses lèvres rougies non pas par un baume à lèvres, mais par mes baisers. Ses petites mains, que j'avais vu agripper mon sexe. Ses jambes, longues et fines, puissantes et fortes alors qu'elle avait quitté la Pierre Angulaire pour venir me sauver. Mais ça, c'était son corps. C'était son cerveau, son intelligence, ses dons de Chasseresse, que j'aimais. Que je désirais. Je ne disais pas que n'importe quel corps m'irait, mais j'aurais aimé Dani quel que soit son corps, du moment qu'elle était mienne. Avec moi. Sous moi.

Ma mère et ma sœur se trouvaient à la droite de ma compagne. Ses amies, Katie et Lexi, étaient à sa gauche, et autour d'elles toutes se trouvaient Von, Bryn, Elon et une poignée d'autres gardes que je reconnaissais. Elon était debout à côté de Geoffrey et Thomar. Son regard était braqué sur Rayla, pas sur la cérémonie devant lui. Heureusement, les deux autres semblaient assez sérieux pour compenser son inattention, leurs regards balayant la foule pour détecter la moindre menace. Je savais que Von avait placé d'autres hommes dans le public, ses Chasseurs d'Élite mêlés aux autres, à surveiller tout et tout le monde, déterminés à assurer ma sécurité.

J'avais pris tous les hommes à part et leur avait dit de protéger ma compagne en priorité. Aucun d'entre eux n'avait protesté, ce qui m'avait évité d'avoir à remplacer certains des hommes de Von par ceux de ma mère.

Tous les yeux étaient tournés vers la table vide au centre de la pièce, vers la procession et l'ascension qui avait seulement lieu quand l'un des sièges des membres des familles royales était pris par un héritier. La dernière fois que tous les gens rassemblés ici s'étaient trouvés ensemble dans cette pièce, c'était quand mon père s'était tenu à ma place, prêt à revendiquer son destin historique.

Moi ? Je n'avais d'yeux que pour Danielle alors qu'elle et les autres s'asseyaient. Elle était à couper le souffle, et mon sexe durcit tant j'avais hâte de lui ôter sa belle robe pour embrasser chaque centimètre de sa peau douce. J'avais toujours son goût sur la langue après l'avoir réveillée ce matin-là, la tête plongée entre ses jambes, ma bouche sur son sexe.

J'ignorais combien de temps j'étais resté là à l'admirer, mais la leader des Sept s'éclaircit la gorge pour attirer mon attention. Quand elle sortit le poignard cérémoniel de sa place sur sa hanche et le posa sur la table, sa pointe dirigée vers le centre, les murmures qui avaient parcouru la pièce se turent immédiatement.

— Nous sommes ici aujourd'hui pour accueillir le Prince Gage d'Everis à sa place au conseil des Sept, déclara-t-elle d'une voix affaiblie par l'âge, mais claire.

Alors qu'elle parlait, les cinq autres membres autour de la table sortirent leurs poignards de leurs fourreaux et les placèrent sur la table ronde de manière similaire, leurs pointes tournées vers le centre. Quand ils eurent terminé, elle me regarda.

— Gage, fils de Gandar, fils de notre ancêtre, le Prince Greggor, acceptes-tu de siéger au conseil et de jurer de faire respecter les lois d'Everis pour protéger son peuple ? Jures-tu de consacrer ta vie, ton sang et ton honneur à servir Everis et ce conseil ?

Avec ces mots, le poids du moment me tomba sur les épaules. Je me souvins de m'être tenu là quand j'étais petit garçon, à regarder mon père alors qu'on lui posait exactement les mêmes questions, qu'on lui demandait de faire le même serment. C'était l'un de mes premiers souvenirs, et aussi l'un des plus clairs, car il avait ressemblé à un géant parmi les hommes, comme un dieu, si fort, si puissant. Plus qu'un simple membre de ma famille. Une fois le serment prononcé, tous les habitants de la planète avaient compté sur lui pour qu'il prenne les meilleures décisions possible, qu'il soit un leader fort et sincère.

Ce sentiment de fierté et d'émerveillement que j'avais ressenti enfant s'éveilla en moi, et, alors que je regardais les personnes réunies autour de moi dans la pièce, je reconnus cette émotion dans leurs yeux. Je sortis mon poignard de son fourreau, le levai le plus haut possible, et soutins le regard de ma compagne, l'amour que j'y vis briller me rendant plus fort que je ne l'aurais cru possible.

Avec Dani à mes côtés, il n'y avait rien dont je ne sois pas capable.

— Je le jure. Je consacrerai ma vie, mon sang, mon honneur à servir Everis et ce conseil.

Je fis ces vœux solennels en pensant chaque mot. Ma vie. Mon sang. Mon honneur. Mais pas seulement pour le peuple d'Everis : pour elle.

Je plaçai mon poignard sur la table et pris ma place alors que l'un des assistants du conseil apportait l'anneau incrusté d'or autour de la table pour le placer autour de mon cou. Des murmures s'élevèrent dans la pièce. La foule savait que comme le serment, tout ceci faisait partie du protocole.

Je savais que sur d'autres planètes, les dirigeants portaient des bijoux travaillés et des couronnes sur la tête, ou portaient d'énormes épées de la taille d'un homme. Des sceptres incrustés de diamants. Des colifichets. Des tenues d'apparat.

Mais nous étions des Chasseurs. Je serais reconnu à mon odeur avant même d'entrer dans une pièce. Je n'avais pas besoin de couronne. En vérité, je n'avais même pas besoin de cette cérémonie, mais la planète avait besoin d'entendre mon serment. La seule chose dont j'avais besoin, c'était Dani, à mes côtés, dans mon lit, qui me regarderait avec de la confiance dans les yeux et me toucherait avec tendresse. Si elle m'aimait, rien d'autre n'avait d'importance.

La cérémonie était diffusée aux quatre coins de la planète, et même au-delà, sur la colonie d'Everis 8, sur la lune verte cultivée Seladon et sur les écrans de chaque prisonnier, garde, chasseur de primes ou juge présent sur la lune pénitentiaire d'Incar. La vidéo parcourrait toute la galaxie, toutes les planètes de la Coalition, même la Terre.

Non, je n'avais pas besoin de couronne pour détenir le pouvoir. Je me levai de ma chaise et me tins bien droit une fois l'anneau d'or placé autour de mon cou. Je levai la main pour m'adresser aux gens présents dans la pièce et aux téléspectateurs des planètes de la Coalition, et je parlai d'une voix claire, pour que tout le monde comprenne parfaitement la déclaration la plus importante et la plus sincère de ma vie.

— Merci à tous. Comme premier acte en tant que membre des Sept, j'aimerais présenter à mes amis, à ma famille, au peuple éverien et aux membres de la Coalition ma Compagne Marquée, Danielle Gunderson, originaire de la planète Terre. Elle a accepté ma revendication, et la cérémonie d'accouplement est complète. C'est votre princesse.

Je lui tendis une main. Elle semblait surprise. Ses joues prirent une ravissante teinte rose qu'elle réservait d'habitude à la chambre à coucher, dans une tenue beaucoup moins couvrante. Mais elle rayonnait, superbe, une vision scintillante alors qu'elle se levait et se dirigeait vers moi.

Dans la pièce, tout le monde se mit à applaudir tout en s'inclinant avec respect. Alors qu'elle leur adressait un signe de tête royal, son élégance naturelle était apparente, et je réalisai qu'elle était née pour ça, née pour moi.

Quand elle fut à mes côtés, je lui pris la main, la portai à ma bouche, et lui embrassai les doigts. Quand les acclamations se furent calmées, je serai Dani contre moi, son bras mêlé au mien, avant de lever la main pour faire taire tout le monde.

— Comme deuxième annonce officielle, j'aimerais vous présenter ma charmante sœur, Rayla, et son compagnon, le Chasseur d'Élite Elon d'Everis.

Les applaudissements furent aussi forts que la première fois, car ma sœur était adorée du peuple. Au début, elle rougit, car elle était le centre de l'attention, mais Elon s'avança rapidement, visiblement impatient de faire d'elle sa compagne officielle et il la regarda. Après lui avoir adressé un sourire radieux, elle lui prit la main et l'attira contre lui. La seule personne avec une expression surprise était ma mère, qui avait un sourire froid aux lèvres. Sa peau semblait pâle, et quand son regard croisa le mien, elle plissa les yeux. Je savais qu'elle serait fâchée de cette petite manigance que j'avais mise au point avec ma sœur. Mais Rayla et moi étions convaincus qu'une annonce publique serait le seul moyen de dissuader notre mère de tenter de trouver une alliance politique pour Rayla. Le destin de ma sœur était désormais scellé, et j'espérais qu'elle connaîtrait une vie heureuse.

Elon la guida jusqu'à moi alors qu'elle souriait jusqu'aux oreilles. Il se pencha, l'embrassa et la souleva dans les airs, sa robe bleue virevoltant comme un nuage scintillant. Les applaudissements résonnaient sur les murs de la pièce.

À côté de moi, Dani me pressa le bras. Je me tournai vers elle. Elle se mit sur la pointe des pieds et murmura :

— Des diamants ? Sérieux ?

Je souris alors que je balayais sa robe du regard, admirant la façon dont elle se plissait pour accentuer sa petite poitrine et sa taille fine, la courbe féminine de ses hanches.

Nous embrasser ici, dans la chambre du conseil, enfreignait le protocole, en tout cas pour un membre des Sept. Effleurer ses doigts de mes lèvres était une chose, mais le baiser que je lui donnai, sur la bouche et avec la langue, était hors catégorie. Mais je comptais être un prince indépendant et créer mes propres protocoles. Montrer une affection appropriée à ma compagne soulignerait la profondeur de notre amour, notre lien familial auquel il était important que toute la planète assiste.

— Aucun diamant au monde n'est plus beau que toi, susurrai-je.

Puis je rejoins Elon, qui n'avait pas encore permis à ma sœur de reprendre son souffle. Mais elle ne se plaignait pas. Elle s'agrippait même à lui de toutes ses forces, comme s'il était son cœur et son âme, son tout. Je ne pouvais pas envier Elon, mais j'avais hâte de l'imiter.

Je pris le visage délicat de Dani entre mes mains et je l'embrassai à nouveau. La revendiquai. Il n'y avait rien de timide dans mon baiser, je ne le contenais pas.

Ma compagne féroce et intrépide m'embrassa en retour comme si elle n'en aurait jamais assez, comme si j'étais toute sa vie et qu'elle se fichait que l'on nous regarde.

Je ne l'avais jamais autant aimée qu'à cet instant.

Alors que la foule nous acclamait, je sus que je serais perçu comme un jeune homme inepte comparé aux membres dévoués et plus âgés du conseil des Sept. Mais je m'en fichais. Dani était ma Compagne Marquée. Un miracle qui donnerait de l'espoir aux autres. Et je ne me refuserais pas ce plaisir.

13

Le balcon sur lequel je me tenais surplombait la salle de bal la plus luxueuse que j'aie jamais vue. Mauve s'était dépassée, et *tout* scintillait. Les fleurs. Nos robes. Même les chandeliers travaillés et élégants qui pendaient au-dessus de nos invités. Ils scintillaient comme s'ils étaient illuminés par un millier d'étoiles, et je m'imaginai qu'eux aussi étaient faits de diamants, pas de verre ou de cristal. C'était absolument incroyable !

Bon sang Gage était vraiment riche. Il me l'avait dit, m'avait dit qu'il était prince, héritier d'un siège au conseil des Sept, descendant d'une lignée qui remontait à plus de mille ans.

Et je l'avais cru. Vraiment.

Mais le voir, c'était autre chose. La richesse de sa famille, le respect, la pompe et le rituel qui avaient entouré son ascension au conseil ? J'étais une fille issue de la classe moyenne, originaire d'une petite ville. Pas une princesse extraterrestre.

Porter une belle robe, c'était une chose, mais ça ? J'avais l'impression d'être un poisson hors de l'eau, un vilain petit canard entouré par des cygnes. Tous les clichés auxquels je pouvais penser me passaient en boucle dans la tête. Pire encore, lorsque je me regardais dans la glace, je ne me reconnaissais pas. Cette robe sublime n'était pas à moi. La coiffure élégante ne me ressemblait pas. J'étais du genre à porter des jeans et des tee-shirts. Des queues-de-cheval et des baskets. Je ne passais pas une heure à me coiffer, et encore moins à me *faire* coiffer.

Et je ne portais certainement pas de robes couvertes de poussière de diamant. De poussière, d'accord. De diamant ? Ça, non.

Debout toute seule, à regarder la salle de bal pleine de riches Everiens, de juges, de sénateurs et autres nobles que j'avais rencontrés en passant, mais dont je ne me souvenais pas des noms, mon estomac se serra. Une soirée, m'étais-je dit. Une soirée, et je pourrais redevenir *moi-même*.

Plus j'observais les femmes souriantes, les Chasseurs qui longeaient les murs, leurs regards parcourant la foule, et même l'odeur du pouvoir, de l'argent et du privilège dans la pièce, plus je réalisais que cela n'en finirait jamais. C'était ma nouvelle vie. Était-ce *vraiment* celle de Gage ?

— Je n'ai pas ma place ici.

Je réfléchissais à voix haute, mais les grandes mains chaudes qui m'enlacèrent par-derrière m'avertirent que mon nouveau compagnon, mon *prince,* avait entendu chaque mot. Je le percevais, le reconnaissais. Le *sentais,* et j'étais soulagée. Apaisée par sa présence, son contact. Sa poigne réconfortante et ferme.

— Tu es la seule à avoir sa place ici, me murmura-t-il à l'oreille, son souffle effleurant mon cou. C'est chez toi, à présent. Notre maison.

— Je n'ai pas l'habitude de vivre dans une maison équipée

d'une *salle de bal*. On ne peut pas retourner dans notre chambre ?

Je penchai la tête sur le côté pour donner un meilleur accès à ses lèvres et je repris :

— Cette pièce-là, je l'aime bien, surtout quand tu es dedans.

Il poussa un grognement et m'embrassa dans le cou.

— La salle de bal d'abord, la chambre ensuite.

Ses paroles prometteuses m'arrachèrent un soupir.

— Bon, d'accord. Mais je ne suis pas à ma place avec ces gens. Je n'y connais rien en politique et je ne sais pas ce qu'ils attendent de moi. Je ne suis pas sur cette planète depuis long-temps. Je ne sais pas comment être une princesse.

Voilà, je l'avais dit, j'avais admis ma plus grande peur... Le décevoir.

— Ce n'est pas eux que je veux, Dani.

Il se pencha, son menton posé contre mon épaule alors que nous regardions la fête, les danses, les gens qui flirtaient ou qui parlaient affaires.

— Tu es réelle. Tu tiens à moi, pas à mon argent, mon rang ou l'histoire de ma famille. Je suis tien, et tu es mienne.

Ses bras se resserrèrent autour de moi, sa poigne sûre, solide.

— Tu es la seule qui m'intéresse dans cette pièce.

Je me blottis contre sa chaleur, laissant son contact m'apaiser alors que je riais.

— C'est parce qu'Elon s'est emparé de Rayla pour profiter d'elle.

J'avais gloussé en voyant l'expression de ma nouvelle sœur quand son compagnon avait dit au revoir à tout le monde de leur part, l'avait jetée sur son épaule, et lui avait fait quitter la cérémonie de l'ascension. Même moi, je savais que cela allait contre le protocole, mais bon. C'était plutôt romantique : Elon l'avait clairement et publiquement revendiquée. J'imaginais qu'il ne voulait pas que quiconque puisse douter du fait que leur relation était... *officielle*. Et plus ils manquaient la fête, plus les choses devenaient officielles.

Avec un grognement enjoué à mon oreille, Gage pressa son érection contre mon dos pour que je n'aie aucun doute que l'intérêt qu'il me portait.

— C'est ce que je devrais faire avec toi, compagne. Je devrais te jeter sur mon épaule et profiter de toi, te baiser dans un recoin sombre quelque part.

Une bouffée d'excitation me traversa à cette idée.

— Oui, s'il te plaît, dis-je.

Il rit doucement.

— Je t'ai transformée en femme insatiable.

Je tournai la tête sur le côté pour qu'il puisse m'embrasse. Il comprit où je voulais en venir, tellement en harmonie avec moi que je n'arrivais toujours pas à croire qu'il était réel. Ici. Mien. À m'enlacer. À m'aimer. Pendant si longtemps, il n'avait été qu'un rêve. Je ne parlais pas de nos rêves partagés, mais des rêves que j'avais eus d'avoir un homme à moi, qui m'aimerait, me chérirait, me ferait passer en premier. Sur Terre, je l'avais espéré pendant des années sans jamais croire que cela pourrait vraiment m'arriver.

— C'est vrai, dis-je. Alors, le recoin sombre ? Mmm. Par où est-ce que tu commencerais, je me le demande ?

Je clignai lentement des paupières, ouvrant les yeux pour observer l'homme que j'aimais désormais plus que mon propre cœur qui battait.

— Par où je commencerais ? répéta-t-il en posant son front sur le mien et en soutenant mon regard. Je commencerais par faire glisser ta robe le long de ton corps pour révéler une courbe à la fois, pour embrasser chaque partie de toi.

Je me léchai les lèvres et le laissai voir l'ardeur dans mes yeux.

— Et ensuite ?

— Je me laisserais tomber à genoux, j'écarterais les replis roses de ta chatte et je dévorerais tes fluides délicieux jusqu'à ce que tes doigts soient enfoncés dans mes cheveux et que tu gémisses mon nom. Que tu jouisses sur ma langue.

Mon sourire était diabolique, et je savais que la foule en contrebas le remarquerait, mais je m'en fichais. Imaginer sa tête entre mes jambes me poussa à frotter mes cuisses l'une contre l'autre pour apaiser mon besoin douloureux. Sans succès.

— Jusqu'à ce que je gémisse ? Pas jusqu'à ce que je crie ?

Il rit et me serra contre lui, si près que sa chaleur me brûla même à travers nos vêtements.

— Les cris, c'est pour après, compagne, quand tes jambes seront autour de mes hanches et que ta chatte se contractera autour de mon érection, pour aspirer toute ma semence.

Je fermai les yeux avec un petit soupir et me mis sur la pointe des pieds pour refermer l'espace qui nous séparait, mes lèvres effleurant les siennes alors que je murmurais :

— Je veillerai à ce que tu tiennes ta promesse, mon prince. Et vite.

Mon baiser était doux et tendre, pas conçu pour attiser sa passion, mais pour lui montrer que j'étais sienne, que personne d'autre dans cette pièce ne comptait plus que lui à mes yeux. Pour lui montrer qu'il avait raison. Je me fichais des diamants, des robes ou de l'ancien statut de son père. Gage était mien. C'était la seule chose qui m'importait.

Nos lèvres toujours en contact, Gage me murmura :

— Comme je l'ai dit, le bal d'abord, la chambre ensuite. On entre dans la mêlée ?

Je poussai un soupir.

— Je suis impatiente.

Je le laissai se demander si je parlais de la fête ou de la chambre, quand il aurait la tête plongée entre mes cuisses.

— Dansons.

Il me fit tourner dans ses bras comme si nous dansions la valse, puis me reposa.

Je ris de son allégresse, essoufflée. J'étais capable de traquer un puma ou un ours, mais danser ?

— La danse n'est pas l'une de mes spécialités.

Et avec cette robe ? Ces chaussures ? Ce n'étaient pas des talons aiguille de douze centimètres, mais il ne s'agissait pas non plus de chaussures de marche.

— Ne dis pas de bêtises, compagne. Tu n'as qu'à te tenir à moi. Je mènerai et je prendrai soin de toi, comme toujours.

Alors que je souriais tellement que je commençais à avoir mal aux zygomatiques, je réalisai que je n'avais encore jamais été aussi heureuse. Je sentais sa main alors qu'il me guidait le long du grand escalier en arc de cercle qui menait à la salle de bal, là où une chanson lente et rêveuse était jouée à l'aide d'instruments à cordes étrangement similaires à ceux que nous avions sur Terre. Il me serra contre lui, me souleva et me fit tournoyer dans la pièce comme si je flottais sur un nuage. Je l'embrassai dans le cou.

— Tu avais raison. C'est facile de danser.

Tout allait bien, jusqu'à ce que je perde une chaussure. Elle valdingua dans l'entrejambe de l'un des juges, un vieil Everien qui devait avoir au moins quatre-vingt-dix ans.

— Je suis désolée !

Il grogna, puis sourit alors que la personne beaucoup plus jeune qui l'accompagnait, un homme dont les traits me disaient qu'il devait être son petit-fils, se penchait pour ramasser ma chaussure et me la tendre. Gage la lui prit des mains avant que je puisse réagir.

— Merci beaucoup, Zandor.

— Je vous en prie.

Le jeune homme me regarda avec du désir dans les yeux alors que Gage s'agenouillait à mes pieds et remettait la chaussure vagabonde à sa place.

Le visage du vieil homme était creusé de rides, ses yeux gris foncé pleins d'humour alors qu'il regardait mon compagnon.

— Ne faites pas ça, fiston. Ne rechargez pas le canon. Elle vise bien.

Gage se figea sous ma main, son épaule tendue jusqu'à ce qu'il glisse la chaussure à sa place, repose mon pied et éclate de rire.

— J'essayerai de faire plus attention aux cibles que je choisirai, Majesté.

Le vieil homme était voûté, mais ses épaules étaient larges et sa posture royale, et je revins sur mon estimation de son âge pour la porter à au moins un siècle. Peut-être plus, ce qui était dingue, car je ne pensais pas avoir déjà vu quelqu'un d'aussi vieux. Seulement sur Terre, à la télé, quand ils montraient les doyens de l'humanité.

Gage se releva et s'inclina.

— Prince Zaylen, jeune prince Zandor, permettez-moi de vous présenter ma magnifique compagne, Danielle. Danielle, je te présente le Prince Zaylen, qui a renoncé à son siège au conseil des Sept l'an dernier. Il nous manque beaucoup à la table ronde. Et voici son petit-fils, héritier de sa place au conseil.

Le jeune homme s'empressa de me prendre la main, mais son grand-père le chassa comme une mouche et prit sa place, son contact plein de douceur, son baiser sur le dos de ma main très formel, mais amical. Je ris en voyant l'expression gênée de son petit-fils, ses joues roses, et l'air satisfait de Gage. Le prince Zaylen rit et murmura :

— L'âge avant la beauté, Zandor.

— Bien sûr, Monsieur.

Le jeune prince devait avoir environ vingt ans, dans la force de l'âge. Il était séduisant, avec des cheveux blonds et des yeux verts qui devaient attirer beaucoup de jeunes femmes. Mais pas moi. Il ressemblait à un enfant comparé à mon compagnon, un enfant qui ne maîtrisait pas encore ses pulsions. Qui n'avait pas encore appris à montrer le respect nécessaire à son futur poste.

Gage parla de tout et de rien avec le prince plus âgé pendant quelques minutes, avant d'être entraîné vers une nouvelle personne à me présenter, une nouvelle famille, un nouveau nom.

— Ça fait beaucoup de Z, fis-je remarquer alors que nous nous promenions dans la pièce.

— C'est une tradition. Comme tu l'as entendu lors de la cérémonie de l'ascension, je viens d'une famille de G.

J'y réfléchis alors que nous continuions d'avancer.

— Alors ça veut dire que je dois trouver un nom en G pour notre premier enfant ?

Gage s'arrêta net et se tourna vers moi. Me leva le menton.

— Compagne, est-ce que tu sais quelque chose que j'ignore ? demanda-t-il le regard sérieux, oubliant le bal qui nous entourait.

— Quoi ? Non, il est trop tôt pour savoir. Je voulais juste vérifier, avant de me mettre à aimer le prénom Joshua ou Olivia.

Il me sourit alors et se pencha pour m'embrasser le front. Il était si tendre que son amour m'était presque douloureux.

— Je suis content de t'entendre avoir ce raisonnement, penser que nous avons peut-être déjà conçu cet enfant que tu as envie de nommer.

Je lâchai un petit rire.

— La réponse est oui, reprit-il. Nos enfants devront porter des noms commençant par G pour honorer ceux qui les ont précédés.

Grace. Garrison. Gus. Gabrielle. Ils sonnaient tous très bien.

— Je veux bien que mon enfant ait un prénom en G, du moment que je le fais... ou que je la fais, avec toi.

Il m'adressa immédiatement un sourire radieux avant de me mener à nouveau dans la foule. Des noms. Des visages.

Encore des noms. Je commençais à avoir vraiment mal au crâne quand Rayla nous rejoignit, les joues roses et l'air heureux. Seigneur, je connaissais ce sentiment, je le connaissais même très bien. Elle et Elon venaient sans doute d'avancer d'une – ou de plusieurs – étapes dans la quête des trois virginités de Rayla. Je levai les yeux vers Gage, dont les sourcils froncés m'apprenaient qu'il avait sans doute pensé à la même chose. Le fait qu'il se montre si protecteur avec sa petite sœur me plaisait, mais il allait devoir apprendre à lui laisser sa liberté. Et vite.

— Ne t'en fais pas, me dit Rayla. Mère a un livre, un vrai livre en papier que tu pourras emporter partout avec toi et qui comporte tous les portraits, les noms et les biographies de tout le monde, pour que tu te souviennes de qui est qui. Je serais surprise si tu ne le trouvais pas sur ta table de chevet en allant te coucher ce soir.

— Sérieusement ? demandai-je.

— Ne sous-estime jamais Mère quand il est question de machinations et de complots, ma chère sœur. Pour ça, c'est la reine.

Rayla sourit alors que je la serrais dans mes bras et que je pressais mes lèvres près de son oreille afin que personne ne m'entende, pas même Gage. Non, surtout pas Gage.

— Est-ce que ça va ? Les *choses* se sont bien passées avec Elon ?

— À merveille.

Quand je la lâchai pour la regarder dans les yeux, je vis ce que je voulais voir. Des joues roses à cause d'une légère gêne, mais l'expression d'une femme comblée.

— Si j'avais su que ce serait si bon, je l'aurais jeté par terre et je lui aurais sauté dessus des mois plus tôt, ajouta-t-elle.

— Un peu de tenue compagne, dit Elon en venant se placer à ses côtés.

Il semblait satisfait et rassasié. Oui, au moins l'une de ses trois virginités avait été revendiquée. Je me demandais si c'était ainsi que les autres nous voyaient, Gage et moi, même si mon compagnon avait annoncé lors de la cérémonie de l'ascension que la revendication était complète. Avions-nous l'air aussi heureux ? Étais-je aussi radieuse que Rayla ? Étais-je rayonnante comme une femme comblée ?

Je fermai les yeux et fis le point, analysant tout ce qui se passait en moi. Je sentais la légère sensibilité entre mes cuisses. Gage s'était montré doux, mais il m'avait pénétrée plus d'une fois. J'en avais eu envie, besoin, autant que lui. Je n'avais pas mal, j'étais seulement légèrement sensible, une sensation que je n'aurais surtout pas voulu effacer avec une baguette ReGen. Elle me rappelait que j'appartenais à Gage. À personne d'autre.

Oui. Oui, j'étais sûr que je semblais aussi satisfaite et aimée que Rayla. Et sa robe était sublime, preuve du statut de la famille de Gage. Je devais bien admettre que nous ressemblions à des princesses tout droit sorties d'un conte de fées, avec au bras des compagnons beaux et forts.

— Toi ! s'exclama Rayla en s'avançant vers Gage et en lui enfonçant un doigt dans la poitrine. J'ai bien envie de te dire le fond de ma pensée. Tu étais censé avertir mère avant d'annoncer notre accouplement.

— Ça n'aurait pas été drôle, dit Gage en riant.

Cela me fit sourire avant même que sa main chaude vienne faire le tour de mon dos pour se poser sur la courbe de ma hanche. Son contact m'embrasait profondément, son odeur m'enveloppant comme une drogue, et en un clin d'œil, je fus toute mouillée et pleine de désir pour lui, comme je le serais toujours, j'en étais convaincue.

— Et toi, dit-elle en se collant à son compagnon, sa colère complètement factice, nous le savions tous. Tu n'étais pas censé me jeter sur ton épaule et me traîner hors de la pièce comme l'un des *troglodytes* de Dany, et pendant la cérémonie d'ascension, en plus !

— Des troglodytes ? répéta Elon en se tournant vers moi.

Je riais trop fort pour répondre, et Gage le fit à ma place :

— Je crois que tu veux parler d'hommes des cavernes, petite sœur.

Elon était toujours aussi perdu.

— Les hommes vivent dans des grottes, sur Terre ? Je savais qu'ils étaient primitifs, mais quand même...

Je hochai la tête alors que Gage lui faisait un clin d'œil, puis le prenait par l'épaule et le menait jusqu'au bar situé dans un coin de la pièce. Je passai le bras dans celui de ma nouvelle sœur, et nous les suivîmes alors que j'écoutais Gage expliquer à son ami l'homme des cavernes ce que les terriennes entendaient par ce terme.

Un festin nous attendait. Tout ce que j'aurais pu imaginer, des sucreries aux fruits en passant par des gâteaux que je n'avais jamais goûtés, mais qui avaient une saveur étonnamment similaire à celle du chocolat noir, étaient posés sur une table qui faisait tout le tour de la salle de bal, avec des serveurs et des Chasseurs postés tous les quelques mètres. L'un pour servir la nourriture, l'autre pour protéger Gage. Et moi, je supposais.

— Ça a l'air délicieux, dis-je. Ta mère s'est vraiment dépassée.

— Notre mère, corrigea Rayla en regardant le festin avec un soupir. J'aimerais bien que mon estomac soit plus grand. Il y a tant de choix, et Elon m'a épuisée. Je meurs de faim.

J'éclatai de rire alors que mon propre estomac se mettait à gargouiller.

— Moi aussi.

— En parlant de Mère, où est-elle ? dit Rayla en se mettant sur la pointe des pieds, le cou tendu pour voir au-dessus de la tête d'hommes dont la taille nous barrerait toujours la vue, quoi que nous fassions. C'est son moment pour briller. Elle ne raterait ça pour rien au monde.

Je m'étais retournée pour la chercher, quand une voix familière nous interrompit derrière nous.

— Mesdames, si vous permettez.

Je vis que Geoffrey et Thomar s'étaient placés derrière nous, vêtus de costumes resplendissants aux couleurs de la famille de Gage, noir et champagne doré.

Rayla pencha la tête sur le côté et jeta un coup d'œil à Elon et examiner son expression amusée lorsqu'il comprit ce que voulait dire le terme homme des cavernes.

— Il sera sans doute fier de lui, comme ton frère, dis-je.

— Sans aucun doute.

Nous échangeâmes un sourire, un sourire de sœurs, plein de secrets et de vérités cachées. Je n'avais jamais eu de sœur, mais à présent, grâce à Rayla, j'avais une chose de plus dont je pouvais être reconnaissante. Toujours souriante, elle se tourna vers Geoffrey.

— Que peut-on faire pour vous, Chasseurs ?

J'avais appris que le terme « Chasseur » équivalait à appeler quelqu'un un gentleman sur Terre. C'était un compliment et un titre à la fois.

Les deux hommes s'inclinèrent bien bas, mais c'est Geoffrey qui répondit :

— Nous ferez-vous l'honneur d'une danse ?

Rayla jeta un regard à Elon, qui lui adressa un hochement de tête à peine perceptible, puis elle tendit la main à Thomar.

— Bien sûr, dit-elle.

Alors qu'il la menait sur la piste de danse, elle me sourit et ajouta :

— Je ne dirais pas non à un peu plus de mentalité de troglodyte, ce soir.

Avec un rire en pensant à ce que le fait de nous voir dans les bras d'autres Chasseurs provoquerait comme émotions chez nos compagnons, je regardai Gage. Il avait beau savoir que j'étais sienne, je voulais m'assurer qu'il ne se transformerait pas en homme des cavernes si je dansais avec un autre homme. Il sourit et hocha lui aussi la tête, alors je saisis la main tendue de Geoffrey. Nous les suivîmes dans la foule de danseurs. Je jetai un regard par-dessus mon épaule et vis que Gage me regardait. Ou plutôt, qu'il regardait mes fesses avec son regard sombre et passionné. Je n'aurais pas dit non à des ébats sauvages, et j'allais m'assurer que cela se concrétise. Je n'étais plus vierge et j'étais parfaitement capable de séduire mon compagnon. Cela me semblait assez facile ; il me suffisait de me déshabiller, et il se jetterait sur moi.

age

DE LA SATISFACTION. C'était ce que je ressentais. Du bonheur.

De la paix.

Je ne m'étais pas rendu compte de ce que je ratais avant qu'elle se montre comme par magie... comme par miracle dans mon sommeil. Sur Everis. Ensuite, il n'y avait plus eu de retour en arrière possible.

Dani était mienne, la revendication terminée. J'avais pris la place qui me revenait de droit au conseil des Sept et je savais que mon père aurait été fier. Ma vie. Mon sang. Mon honneur. Je les avais donnés en gage à mon peuple et à la femme magnifique qui tourbillonnait aux bras de Geoffrey.

De nombreux, très nombreux Chasseurs suivaient ma compagne des yeux alors qu'elle faisait le tour de la pièce, une apparition faite d'or et de diamants. Je n'avais jamais cru qu'une femme pourrait être aussi belle. J'avais envie de l'arracher des bras de Geoffrey et de l'emmener dans un coin sombre, de relever le long jupon de sa robe et de m'enfoncer en elle. J'avais envie de froisser le tissu, de lui ébouriffer les cheveux, de faire baver son rouge à lèvres pour que tout le monde sache qu'elle avait été conquise, qu'elle était prise.

Peut-être qu'Elon ressentait la même chose, car il se tenait debout à mes côtés, un peu crispé, en regardant Rayla danser avec Thomar. L'idée qu'il touche ma sœur me rebutait, mais il était amoureux d'elle. C'était la seule chose qui m'empêchait de lui donner un coup de poing dans le nez.

Je souris, conscient que nous étions deux compagnons fous amoureux et avides.

Je me tournai vers l'un des serveurs et lui demandait deux verres de leur alcool le plus fort. Nous allions tous les deux en avoir besoin pour survivre à cette soirée. Car je savais que si Geoffrey était le premier à danser avec sa nouvelle princesse, *ma princesse*, il ne serait certainement pas le dernier. Je surpris le jeune prince Zandor en train de regarder Rayla et Thomar tourbillonner sur la piste, à attendre d'avoir sa chance, mais je faillis éclater de rire quand son grand-père fut plus rapide que lui et tapa sur l'épaule de Thomar pour prendre Rayla dans ses bras. Il dansait bien pour un homme de son âge. J'espérais être comme lui quand ce moment viendrait, être capable de faire tourner Dani sur la piste, entouré par nos enfants et petits-enfants.

— Que les dieux me viennent en aide, grogna Elon à côté de moi en tournant la tête de côté, les poings serrés. Je ne peux pas regarder ça. J'ai envie de donner un coup de poing à un nonagénaire.

Je ris alors, car à présent que la revendication était complète, ma marque s'était calmée. Enfin. Mais je connaissais le feu qui consumait le corps d'Elon, son âme. Tant que Rayla ne serait pas totalement sienne, maîtriser son instinct de la conquérir lui serait difficile, même si elle était dans les bras d'un homme qui avait presque cinq fois son âge.

Geoffrey et Dani pirouettèrent hors de mon champ de vision, derrière plusieurs Chasseurs plus grands et leurs parte-naires de danse, et je pris les deux verres d'alcool fort du plateau du serveur et en tendis un à Elon. Je portai un toast :

— À nos compagnes. Les deux plus belles femmes de la pièce.

Elon engloutit tout son verre et en commanda un autre au serveur.

Je souris, puis tendis les doigts.

— Apportez-en deux.

Le serveur s'éloigna d'un pas pressé alors que Thomar nous rejoignait, l'air un peu gêné.

— Délaissé pour un nonagénaire, dit-il.

Elon éclata de rire, et demanda au serveur d'apporter non pas deux verres, mais trois, avant de se tourner vers moi.

— J'imagine qu'on aurait plutôt dû s'accoupler aux harpies dont personne ne veut. Partir vivre dans l'une des cavernes terriennes de Dani pour ne pas avoir à partager.

Je lui adressai un sourire indulgent et m'abstins de le contredire, ou de souligner l'évidence. Ni lui ni moi n'échange-rions notre compagne pour une autre. Elles étaient toutes les deux têtues et insolentes, mais j'étais fier de Dani. Férocement protecteur envers elle. Loyal jusqu'à mon dernier souffle. Elle était entrée dans la pièce et avait charmé tous les membres des Sept, s'était montrée gentille avec tout le monde dès notre arrivée au palais. J'osais même croire que ma mère s'était adoucie à son propos, ce qui était un exploit. En seulement deux jours, elle avait réussi à séduire tout le monde au palais.

— Ça n'aurait rien changé, Elon. Le personnel la préfère déjà à moi.

Thomar éclata de rire.

— Au risque de me prendre un coup de votre poignard

cérémoniel, permettez-moi de vous dire que vous n'êtes pas aussi beau qu'elle, mon prince.

— C'est tout à fait vrai.

Le serveur revint avec nos boissons, et je terminai la mienne d'un seul trait alors que Rayla apparaissait dans la foule et se blottissait immédiatement contre Elon. Il la serra contre lui, et son impatience et sa nervosité s'apaisèrent. Son monde tournait de nouveau rond.

Je connaissais ce sentiment, et je voulais le ressentir à mon tour. Où était Dani ? Elle avait assez dansé avec les invités. C'était à mon tour, bon sang.

Rayla prit le verre des mains de son compagnon et en avala le contenu alors que Thomar, peut-être un peu amoureux de ma sœur, la regardait d'un air émerveillé.

— Où est mère ? me demanda Rayla. Je ne l'ai pas vue de toute la soirée, et tu sais bien qu'elle ne raterait jamais sa propre fête.

Ses mots me transpercèrent comme un poignard, et tous mes instincts s'éveillèrent violemment. J'avais été tellement focalisé sur ma compagne, sur mon envie de m'enfoncer dans sa chaleur mouillée, que je n'avais pas fait attention à ce qui m'entourait.

Elon remarqua immédiatement mon malaise et il pinça les lèvres en balayant la pièce du regard. Thomar plaça son verre intact dans la main de Rayla.

— Je vais chercher Geoffrey, et nous irons la chercher tout de suite.

— Merci, Thomar.

J'avais envie de chercher ma mère, mais une autre femme comptait davantage à mes yeux. Je regardai Rayla alors que Thomar disparaissait dans la foule.

— Où est Dani ?

Elle haussa les épaules en sirotant son deuxième verre un peu plus lentement.

— La dernière fois que je l'ai vue, elle dansait avec Geoffrey près du balcon.

Le balcon se trouvait à l'autre bout de la salle de bal, et ses portes s'ouvraient sur l'extérieur. Avec la foule, il me faudrait plusieurs minutes pour l'atteindre.

— Eh merde, grognai-je. J'aurais dû dire à Geoffrey de la garder de ce côté-là de la pièce.

— Tu aurais voulu qu'il ne danse que dans la moitié de la pièce ? Il se serait pris les pieds dans tout le monde. Il y a des conventions, grand frère. Un flux naturel.

— Je m'en fiche, grondai-je.

J'avais un mauvais pressentiment, mais je m'efforçai de le chasser. Je me montrais trop protecteur. Paranoïaque. Nous étions entourés de Chasseurs. Les hommes de Von. Les miens. Elle allait très bien. Ce n'était pas parce que je ne pouvais pas la voir qu'elle n'était pas en sécurité. Et pourtant...

— Je n'aurais pas dû la laisser s'éloigner de moi. Pas même un instant.

Elon se pencha et embrassa Rayla sur les lèvres avec douceur.

— C'est qui le troglodyte maintenant, compagne ?

Elle lui sourit, ses yeux brillants de bonheur.

— Oh, j'ai toujours su que mon grand frère était une bête.

Elle prit le menton d'Elon entre ses doigts et se mit sur la pointe des pieds pour l'embrasser, avec beaucoup moins de douceur.

— Mais toi, tu es mon troglodyte à moi, ajouta-t-elle.

— Oui, tu peux le dire.

— Ne la quitte pas d'une semelle, Elon. C'est un ordre.

Il leva brusquement la tête en réalisant à quel point j'étais tendu. Je n'étais pas le seul homme à avoir ses instincts brouillés par une femme chaude et pleine de désir.

Je n'attendis pas qu'il me réponde avant de plonger dans la foule, en prenant la route la plus directe vers ma compagne, sans prêter attention aux gens qui me félicitaient et à ceux qui me faisaient des courbettes pour gravir les échelons. Je n'avais pas le temps de bavarder. Mes sens de Chasseur étaient en alerte. Mes sens de compagnon aussi. Quelque chose n'allait pas. Cette certitude me brûlait les entrailles, grandissant à chaque pas que je faisais vers ma compagne.

———

Dani

Danser avec Geoffrey me mettait mal à l'aise, et je n'arrivais pas à me détendre tout à fait dans ses bras. Il n'était pas Gage, et il était raide, nerveux. Sa main sur ma taille me paraissait déplacée, d'une certaine façon, comme si elle n'avait rien à faire là. C'était étrange, car je ne m'étais jamais sentie prude, même quand j'étais encore vierge, mais à présent que je ne l'étais plus, j'aurais pensé qu'interagir avec des hommes serait plus facile. Pas plus dur.

Je m'étais bien trompée. À présent que je connaissais le contact de Gage, le plaisir de ses baisers, de son corps musclé, de son sexe, je ne voulais toucher personne d'autre. *Être touchée* par personne d'autre. C'était peut-être un phénomène de Compagnons Marqués. C'était peut-être seulement à cause de Geoffrey. Ou à cause de moi, je l'ignorais ; tout ce que je savais, c'était que sa main dans la mienne était moite et molle, son corps crispé, et qu'il me rendait nerveuse.

J'avais de la peine pour lui, pour sa gaucherie, mais il avait peut-être simplement besoin de danser plus souvent. De fréquenter des femmes évériennes. Avec un peu de chance, il trouverait sa Compagne Marquée, et tout serait plus facile pour lui. Leurs marques s'occuperaient du plus dur, et ils sauraient qu'ils étaient faits l'un pour l'autre.

Toutes les festivités de la journée m'avaient fatiguée. La musique à fond, les gens partout. Je n'étais pas habituée à un tel faste. Pire encore, à être le centre de l'attention. Ou à porter une robe et des talons. La prochaine fois que je porterais une robe longue, je mettrais peut-être une paire de chaussures plus pratique.

Je voulais mon compagnon, notre lit, et me relaxer. Je voulais Gage. Autour de moi, sur moi, à faire disparaître le reste du monde. Du silence, pour pouvoir entendre sa respiration, les battements de son cœur.

— Toutes mes excuses, princesse. Je suis un peu nerveux.

Sa confession aurait dû être charmante. Au lieu de cela, elle me rendit encore plus nerveuse.

— Ce n'est pas grave. Moi non plus, je n'avais encore jamais dansé à un bal royal.

Il sourit, mais ses yeux restèrent froids.

— Vous êtes très belle. Et vous êtes gentille. Au palais, tout le monde parle de la merveilleuse nouvelle princesse.

Des banalités et des compliments. Rien de tout cela ne me mettait très à l'aise. Je savais bien qu'il ne fallait pas que je le croie sur parole. J'étais la princesse, alors tout le monde faisait sans doute très attention à ce qu'il disait. Les gens n'oseraient pas dire quoi que ce soit de négatif en ma présence, par peur de perdre leur poste. À moins qu'ils craignent pour leurs vies ; connaissant Gage, il arracherait la tête de quiconque voudrait m'agresser, même verbalement.

— Merci.

Qu'aurais-je pu dire d'autre ? Je n'étais pas doué pour les échanges de banalités surtout avec quelqu'un qui ne m'intéressait déjà pas beaucoup, alors j'allais au plus simple. Merci, c'était suffisant. Je jetai un regard par-dessus mon épaule, cherchai Gage au bord de la piste de danse.

— On devrait peut-être rejoindre les autres, maintenant. Je suis sûre que Rayla voudra danser avec vous, maintenant que vous m'avez gâtée.

Je disais n'importe quoi, de vraies bêtises, mais il sembla apprécier mes efforts. Son rire était grave et pas très sonore.

— J'en doute fortement. Elle n'a d'yeux que pour Elon.

— C'est un homme bien, admis-je. Et il l'aime.

— C'est vrai.

Nous étions à l'autre bout de la salle de bal, à présent, et les portes qui s'ouvraient sur le balcon nous offraient un peu d'air frais. Je pris une grande inspiration. Le grand air m'appelait, comme si j'étais dans le Montana et non pas aux confins de la galaxie. Geoffrey le remarqua.

— Vous voulez sortir sur le balcon quelques instants ? Vous rafraîchir ?

C'était tentant. Tellement tentant. Je balayai la foule de juges, de conseillers et de beautés du regard. Les hommes étaient tous si grands que je ne pouvais pas voir par-dessus leurs têtes, mais Gage se trouvait de l'autre côté de cette pagaille, quelque part, et prendre un instant pour respirer avant de jouer des coudes pour le rejoindre me semblait être une excellente idée.

Je me tournai vers Geoffrey et vis qu'il me tendait le bras, le coude plié, comme un vrai gentleman. Avec un sourire soulagé, je passai mon bras sous le sien et le laissai me guider vers le balcon. Le soleil se couchait, les deux lunes s'élevant lentement à l'horizon dans une scène digne d'un film de science-fiction. Mais ce n'était pas un film. C'était ma vie, désormais. Ma vie merveilleuse, incroyable et complètement dingue. Surréaliste et pourtant parfaite.

— C'est magnifique, ici, dis-je.

Les gardes à la porte m'adressèrent une petite révérence, puis firent un signe de tête à Geoffrey lorsque nous passâmes la porte. Il y avait d'autres Chasseurs sur le balcon, deux en haut de chaque escalier, occupés à monter la garde.

Geoffrey me mena près du bord, où une balustrade magnifique en pierre sculptée m'arrivait jusqu'aux hanches, et nous admirâmes les jardins. Ils étaient substantiels ; il s'agissait d'un mélange de labyrinthes et de carrés, de courbes et de vrilles décoratives avec des massifs à perte de vue. J'avais vu des photos du Château de Versailles, de jardins avec des haies trois fois plus grandes qu'un homme, des fontaines, des statues et le même genre de labyrinthes. Ce n'était rien comparé à ça. Les espaces verts s'étendaient au loin, l'air frais et vivifiant me rappelant qu'à l'aube tout cela serait couvert de givre.

Je m'interrogeai sur les saisons, s'ils avaient de véritables étés, si les feuilles des arbres changeaient et tombaient. Si elles prenaient des teintes rouges, oranges et jaunes. Neigeait-il ? J'avais tant à apprendre et j'avais hâte de tout découvrir avec Gage comme guide.

Alors que j'étais perdue dans mes pensées, Geoffrey sortit ce qui ressemblait à une baguette ReGen de sa poche et la plaça devant mon corps, avant de la passer rapidement devant mon abdomen.

Je jetai un regard à l'appareil et remarquai qu'elle ressemblait à celles dont les médecins s'étaient servis pour soigner ma cheville. Quoi qu'il soit en train de me faire, ce n'était pas dangereux.

— Qu'est-ce que vous faites ? Je ne suis pas blessée.

Il m'ignora, et observa son drôle d'appareil. Son soupir était presque triste.

— Vous êtes enceinte, Princesse.

Mon cœur rata un battement.

— Quoi ?

Comment sa machine pouvait-elle détecter cela ? C'était impossible. Enfin, peut-être pas, mais je venais de faire l'amour cette nuit-là. Cela faisait moins de vingt-quatre heures.

— C'est insensé ! Vous ne pouvez pas le savoir.

Geoffrey tourna l'appareil vers moi, et je vis les résultats. Le jargon scientifique m'était inconnu, mais je reconnaissais deux mots, *gestation* et *masculin*.

— Cet appareil peut dire que je suis enceinte et que c'est un garçon ? Comment est-ce que vous pouvez connaître son sexe ?

— Les scanners d'ADN ne mentent pas.

— Et vous avez scanné mon fils, qui n'existe en théorie que depuis moins de vingt-quatre heures, à travers mon corps ?

Il pencha la tête d'un air condescendant plein de mépris. Sa nervosité s'était envolée.

— Nous ne sommes pas sur Terre, Danielle Gunderson. J'avais espéré pouvoir vous laisser en dehors de tout ça, comme vous êtes une femme innocente, mais vous portez l'héritier.

Je fronçai les sourcils et reculai.

— Parce que c'est un garçon ?

J'étais complètement perdue. Pourquoi Geoffrey, un garde, vérifiait-il si j'étais enceinte ?

— Parce que c'est l'enfant de Gage, répondit-il, son ton dépourvu de la neutralité qu'il avait eu lors de notre danse. Garçon ou fille, cela ne changerait rien.

Bon, c'était un drôle de moment pour me sentir soulagée du fait que, si je portais une fille, elle hériterait du siège de Gage au conseil des Sept, au même titre qu'un garçon, mais le regard glaçant de Geoffrey me terrorisait. Toute cette situation me faisait peur. Je ne le croyais pas vraiment. Enfin, je venais de faire l'amour pour la première fois moins de vingt-quatre heures plus tôt. Je m'éclaircis la gorge et plaquai un sourire faux sur mon visage.

— Je crois que je vais retourner à l'intérieur, maintenant.

Il secoua la tête et je tournai les talons pour me diriger vers les portes. Elles étaient fermées. Je poussai les poignées tirai. Verrouillées. Nous étions enfermés dehors. Je me tournai vers Geoffrey, malade d'angoisse, et cherchai du regard les gardes qui s'étaient tenus au sommet des escaliers. Disparus. Ils n'étaient plus à leur poste, et mon estomac se noua, nauséeux face à la suspicion qui m'envahissait la tête.

C'était comme si je venais de trouver la pièce manquante d'un puzzle. Une fois en place, tout s'éclairait. *Oh, Seigneur.*

— C'était vous, hein ? demandai-je d'une voix serrée.

— Que voulez-vous dire, Princesse ?

Dans sa bouche, ce titre ressemblait à un juron, vu la façon dont il le crachait.

Je secouai la tête.

— Ne m'appelez pas comme ça.

— C'est ce que vous êtes, rétorqua-t-il en serrant les poings. La petite princesse chérie de Gage.

Eh merde. C'était un Chasseur d'Élite. Rapide. Si rapide que je serais incapable de le distancer, à pied ou même à vélo, et encore moins en robe et en talons.

— Qu'est-ce que vous allez faire ? Me tuer ?

Il secoua la tête. Il n'était plus nerveux, et ses intentions étaient claires à présent, son plan bien rodé. À présent, je comprenais pourquoi il avait été stressé. Son intention avait été de me faire sortir ici. Maintenant qu'il avait réussi...

— Oh, non, Princesse. Je ne vous tuerai pas tout de suite. Pas avant que vous et la vieille garce ne vous soyez montrées utiles.

La vieille garce ?

Désespérée, j'ouvris la bouche pour crier, mais la vitesse de Chasseur de Geoffrey était vraiment impressionnante, et une main me couvrit la bouche et l'autre la gorge avant que je puisse inspirer assez d'air. Son visage était proche du mien, si proche que je pouvais voir la fureur glaciale et calculatrice dans ses yeux. Il n'était pas fou. C'était un tueur de sang-froid. C'était lui qui avait enlevé Gage, qui l'avait brutalisé et l'avait laissé pour mort.

Oh, Seigneur.

— Chut, Princesse. Vous pourrez crier autant que vous voudrez bien assez tôt. Mais pas encore, ou je briserai votre jolie nuque, et Gage retrouvera votre cadavre dans son lit.

Je hochai la tête pour lui montrer que j'avais compris, pas parce que j'avais l'intention de céder aux exigences de ce malade, mais parce que je n'étais pas la seule à qui il pouvait faire du mal, plus maintenant. Un fils grandissait en moi. L'enfant de Gage. Le mien. Et je l'avais aimé dès que j'avais découvert son existence. À présent, je croyais aux résultats du détecteur de Geoffrey. Il avait voulu savoir la vérité, pour rendre le résultat encore plus cruel.

— C'est mieux, roucoula-t-il.

Il y avait quelque chose que j'avais vu, mais que j'avais ignoré. Quelque chose de si évident, que nous l'avions tous raté. Non, pas tous. Lexi l'avait remarqué, dès le premier jour. *Il te ressemble beaucoup, Gage, surtout quand il fronce les sourcils comme ça.*

Il fronçait les sourcils, à présent, et je fus surprise que personne d'autre n'ait remarqué la ressemblance entre Geoffrey et Gage. Que *je* ne l'aie pas remarquée. Lexi avait dit ces mots à mon compagnon la première fois que nous avions vu Geoffrey sur l'écran de communication, aux côtés d'Elon et Thomar. Avec Rayla et Mauve. Les mêmes yeux. Les mêmes cheveux noirs. Les mêmes lèvres. De la haine dans ses yeux à la place de l'amour, mais je le reconnaissais, à présent. Je savais qui il était.

Je m'humectai les lèvres et dis les mots que je savais être vrais, même sans capteur d'ADN.

— Vous êtes son frère, n'est-ce pas ?

Il rit, mais c'était un rire froid, et mes bras se couvrirent de chair de poule.

— Très maligne. Et belle, en plus.

De la satisfaction. De l'admiration. Quelque chose de sombre et de plein de désir lui passa dans le regard.

— Peut-être que je vous débarrasserai du parasite que vous avez dans le ventre et que je vous garderai rien que pour moi.

À présent que mon cerveau s'était remis en route, toutes sortes de choses désagréables bouillonnaient dans mon l'esprit. De la bile me monta à la gorge.

— C'est vous... est-ce que c'est vous qui avez tué son père ? *Votre* père ?

— Bien sûr. Il garda une main autour de mon cou et me plaqua contre le mur de pierre froid du palais. Je me demandai ce qu'il comptait me faire, mon esprit tournant à plein régime. Je savais qu'il fallait que je continue à le faire parler. Gage remarquerait mon absence. Il viendrait me chercher. Il fallait simplement que je survive. Survivre. Gagner du temps. Deux choses. J'en étais capable, même dans le piège mortel qu'était ma robe. Elle ne me semblait plus très jolie, avec ses diamants et son long jupon. Pas après ce que je venais d'apprendre, à présent que je risquais de mourir dedans. À présent que je savais quel genre d'homme était Geoffrey. Un tueur de sang-froid.

C'était moi qui étais nerveuse, désormais. Moi qui avais les paumes moites.

— Pourquoi ? Pourquoi avez-vous fait ça ?

— Vous le découvrirez bien assez tôt.

Ce furent les derniers mots qu'il m'adressa avant de pointer un drôle de gadget médical sur ma tête, le même que le docteur avait utilisé pour m'endormir avant de m'opérer la cheville.

Et comme à l'infirmerie, je clignai des yeux et puis... plus rien.

ani

QUAND JE ME RÉVEILLAI, ma tête était bercée sur les genoux de quelqu'un, tandis que des doigts doux et délicats me caressaient les cheveux. C'était apaisant, réconfortant, et je n'avais pas envie d'ouvrir les yeux.

Mais je le fis quand même. Parce que Geoffrey allait faire du mal à Gage. Il fallait que je l'en empêche.

D'un bon, je tentai de m'asseoir, et ma tête se mit à tourner.

— Chut. Vous allez avoir mal à la tête, ma chère. C'est à cause de l'anesthésie dont il s'est servi pour vous endormir. Elle vous donne un goût métallique sur la langue, mais cet effet disparaîtra dans quelques minutes. Je suis navrée.

Cette voix féminine m'était familière, tout comme les barreaux de métal de la cage dans laquelle nous étions toutes les deux assises.

— Oh, mon Dieu. Mauve ? Vous allez bien ?

— Oui.

Nous étions de retour dans la grotte : celle où j'avais trouvé Gage. Et Mauve avait raison, la pièce arrêta peu à peu de tourner, et ma bouche me donnait l'impression d'avoir mâché des clous. Apparemment, Geoffrey n'avait pas réparé les chaînes, n'en avait pas acheté d'autres, et s'était contenté de jeter les femmes sans défense dans la cage et de les y laisser.

Soit il pensait que nous n'arriverions pas à en sortir, soit il s'en fichait.

— On est loin du palais ?

Mauve secoua la tête.

— Je ne sais pas très bien. Le père de Gage ne me laissait jamais l'accompagner par ici, et je n'en avais d'ailleurs pas envie. C'est une relique d'un passé plus brutal, un passé que les Everiens tentent d'oublier depuis des siècles.

Eh bien, voilà qui était intéressant. Alors comme ça, les humains n'étaient pas les seuls barbares de la planète, finalement. Je poussai un soupir et me levai, secouant ma robe, contente de ses multiples couches de tissu. Il faisait froid, le soleil s'étant couché depuis longtemps. Les deux lunes, qui venaient à peine de se lever lorsque je m'étais retrouvée sur le balcon avec Geoffrey, étaient à présent très haut dans le ciel. La moitié de la nuit avait dû s'écouler.

Mauve pleurait, ses larmes silencieuses, mais scintillantes comme des diamants sur ses pommettes.

— Je suis désolée. Tellement désolée.

— Pourquoi ? Vous n'êtes pas responsable de tout ça.

— Si, d'une certaine façon. Je savais que le père de Gage en aimait une autre. Je le savais, mais je l'aimais. Je n'ai pas pu le laisser partir.

— Quoi ?

Je n'avais pas le temps pour ça. Ce n'était pas le moment de chercher des coupables ou de tenter de soulager la culpabilité de la mère de Gage.

— Il faut qu'on sorte d'ici, ajoutai-je.

Je secouai la chaîne, me levai et tirai dessus, testant les écrous qui la fixaient aux parois de pierre. C'était bête, mais je regrettais que Gage n'ait pas tiré sur les deux extrémités. Si j'arrivais à l'arracher de la paroi, je pourrais m'en servir comme arme. Mais elle refusait de céder.

— Où est-il ? Où est Geoffrey ?

— Il est reparti pour tuer Gage. Nous ne sommes que des appâts, j'en ai peur.

— Non.

C'était impossible. Je refusais d'être utilisée pour piéger Gage.

— Je suis navrée.

— Arrêtez de dire ça. On ne mourra pas, et Gage non plus.

Mauve secoua la tête. Sa belle robe, parsemée de poussière de diamant, comme la mienne et celle de Rayla, était déchirée et sale. Ses traits nobles étaient tirés et fatigués, la faisant paraître bien plus vieille que lors de notre dernière rencontre. Vieille et brisée.

Je me penchai devant elle et lui soulevai le menton pour qu'elle me regarde dans les yeux.

— On va sortir d'ici. Vous m'entendez ? J'ai traqué Gage jusqu'à cette grotte. C'est moi qui l'ai trouvé. Je ne suis pas sans défense. Je suis une Chasseresse. Vous aussi. On va trouver un moyen de sortir d'ici, et ensuite, on préviendra Gage. C'est clair ? Personne ne mourra.

Sauf Geoffrey, mais je n'allais pas lui dire ça. J'étais convaincue qu'il ne serait bientôt plus de ce monde. Et les connards qui m'avaient enfermée sur le balcon ? Les hommes au sommet des escaliers ? Je fermai les yeux et pensai à chacun d'entre eux, gravant chaque détail dans ma mémoire, pour plus tard.

Gage était mien, mon tendre amour, un homme merveilleux, mais ça ? Enlever et menacer sa Compagne Marquée et sa mère ? Ça, Gage ne le pardonnerait pas.

Et je découvrais que je n'avais pas envie qu'il le fasse. C'était peut-être mon sang de Chasseresse, mais c'était de la colère qui me courait dans les veines, pas la peur. Si Gage ne lui mettait pas la main dessus en premier, je trouverais le moyen de le tuer moi-même, pour nous avoir menacés, moi, mon compagnon, mon fils, ma *famille*. Ils étaient miens. Même Mauve.

— D'accord, maman. Levez-vous. On y va.

— Maman ?

— Oui, vous êtes à moi, maintenant, alors faut vous y faire.

Elle rit, mais elle leva sa main pour que je l'aide à se relever.

— Maintenant, je comprends pourquoi Gage est amoureux de vous. Vous allez bien ensemble.

J'avais l'approbation de ma nouvelle mère. Je m'étais dit que ce n'était pas important, mais je me surpris tout de même à la prendre dans mes bras.

— Je n'ai pas eu de mère depuis très longtemps.

— Je suis contente de vous avoir comme fille. Et je suis désolée si je me suis montrée dure. J'aime Rayla et Gage, tous les deux. Je voulais le meilleur pour eux. C'est tout. Je ne m'étais pas attendue à vous.

Je la serrai fort, puis reculai, avant de me tourner vers la porte pour l'inspecter.

— Je sais. Je suis désolée d'avoir gâché vos projets. Mais Rayla est folle amoureuse d'Elon, et j'aime votre fils, alors vous feriez mieux de l'accepter, ok ?

— Pigé.

Sa drôle de réponse me fit rire, mais pas autant que d'inspecter le verrou sur la porte. C'était le même qu'avant. Geoffrey avait dû le trouver par terre, là où je l'avais jeté après avoir secouru Gage.

— Seigneur, il doit prendre les femmes pour des idiotes.

Soit ça, soit il se fichait que nous nous échappions. La seconde possibilité était plus probable que la première.

Je défis le verrou et ouvris la porte en grand, avant de sortir de la cage, Mauve sur mes talons. Nous marchâmes ensemble, bras dessus bras dessous, vers l'entrée de la grotte, pour faire le point. Il faisait froid. Nuit noire. Des kilomètres de montagnes escarpées s'étendaient devant nous. Et nous étions en robes et en talons. Pas l'idéal.

Mais j'étais déjà venue. J'avais traqué Gage à travers ces montagnes. Je retraçai mes pas dans ma tête, réfléchis à un endroit où nous cacher en attendant que mon compagnon vienne nous chercher. Car il viendrait. Je savais qu'il viendrait. Il fallait simplement que nous survivions jusque-là.

— On ne peut pas rester ici, déclarai-je.

Si Geoffrey revenait, nous serions une cible facile, prêtes à être tuées.

— Mais où pouvons-nous aller ?

J'enlevai une chaussure à talon, puis l'autre. Je me penchai et déchirai un morceau de soie dans la doublure de ma robe.

— Retirez vos chaussures. On va envelopper nos pieds dans de la soie. Il aura plus de mal à suivre nos traces de pas.

Mauve fit de son mieux. Mais elle était plus âgée que moi et avait passé sa vie dans une capitale, pas dans les montagnes. Mais elle fit ce que je lui disais, et je l'aidai à attacher ces sandales de soie improvisées autour de ses pieds. Ce n'était pas parfait, mais c'était mieux que rien.

— Allons-y. Restez près de moi et ne parlez jamais plus haut qu'un chuchotement, quoi que vous entendiez.

— Ouvrez la marche, Dani. Je suis avec vous. J'essayerai de suivre le rythme.

Je hochai la tête et commençai à descendre la colline vers le sentier que j'avais suivi pour venir ici. Je savais qu'il menait dans la direction opposée au palais, vers la Pierre Angulaire, mais il y avait des petites grottes et des anfractuosités dans lesquelles nous pourrions nous cacher, où tendre une embuscade à Geoffrey s'il venait nous chercher.

J'aidai ma nouvelle mère à descendre la colline, et elle prit confiance en elle, trouvant une résilience pleine de détermination qui devait être une caractéristique familiale. Nous devions continuer d'avancer.

Plus nous nous éloignions de la grotte, plus je m'inquiétais. J'avais l'impression que nous étions suivies. Que nous servions d'appât pour piéger Gage, comme l'avait suggéré Mauve. Peut-être que si nous n'avions pas été enchaînées, c'était parce que Geoffrey *voulait* que nous nous enfuissions.

Eh merde.

L'esprit bouillonnant d'idées noires, je les chassai et retraçai le chemin que j'avais parcouru pour rejoindre Gage depuis la Pierre Angulaire. Il devait bien y avoir un endroit d'où nous pourrions tendre une embuscade à Geoffrey.

Si je mourais ici, j'emporterais cet enfoiré avec moi.

age

Le feu avait remplacé le sang dans mes veines. Pour la première fois de ma vie, je comprenais pleinement la signification de la lignée de sang, du don des familles royales originelles. Même Bryn n'arrivait pas à tenir le rythme alors que j'avalais les kilomètres comme une fusée.

Je ne m'encombrai pas d'une navette. Je sentais cet enfoiré et ma compagne, sentais la terreur contre les portes verrouillées du balcon. Il l'avait piégée là-bas. L'avait effrayée. L'avait enlevée.

Von traquait les autres que j'avais sentis, les six hommes qui étaient restés sans rien faire alors que le traître faisait du mal à ma compagne. La tourmentait. Me l'enlevait. Je leur avais donné un nom, à chacun, les connaissais tous par la trace qu'ils avaient laissée derrière eux.

— Gage, arrête-toi !

La voix de Bryn portait dans l'air nocturne silencieux, mais je n'avais pas envie de m'arrêter. J'avais besoin de tuer Geoffrey.

— Gage ! Il nous faut un plan. Si on le prend par surprise, il risquerait de la tuer.

Il était derrière moi et courait à toute vitesse, un Chasseur d'Élite au sommet de son art, et il avait raison. Je m'arrêtai, la mâchoire serrée, le corps traversé par des décharges. J'aurais pu courir toute la nuit. Chasser des jours durant. Quelque chose qui sommeillait en moi s'était réveillé et exigeait de retrouver Dani. De la sauver. Je n'avais jamais été si sauvage, si concentré et incontrôlable à la fois. C'était l'instinct inné d'un Chasseur voulant protéger sa compagne. Et grâce à mon sang royal, j'étais l'homme le plus redoutable d'Everis, en cet instant.

Bryn me rattrapa, et nous attendîmes quelques minutes que Thomar nous rejoigne, essoufflés. Les yeux du garde étaient sérieux, et je sus que la trahison l'affectait tout autant que moi. Elon était absent, ce qui était une bonne chose. Si je l'avais vu ici, et pas aux côtés de ma sœur au palais pour la protéger, je l'aurais tué et aurais exigé que ma sœur se trouve un autre compagnon, qui prendrait sa vie et sa sécurité au sérieux.

— Par les dieux, j'ignorais qu'il était possible de se déplacer aussi vite, dit Bryn.

Il prenait de grandes inspirations et récupérait, les mains posées sur ses cuisses.

— C'est un prince, dit Thomar en guise d'explication.

— Tu sais où il l'emmène ? me demanda Bryn en me regardant du coin de l'œil, la tête penchée.

— Oui.

En effet, je le savais. Thomar ignorait où Dani m'avait trouvé, enfermé dans cette cage, battu, brûlé et laissé pour mort, mais Bryn était au courant, et, comme moi, il reconnaissait les environs.

— On se rapproche, dis-je.

— On ne peut pas débarquer comme ça sans avoir un plan. Il pourrait la tuer.

La colère qui bouillonnait en moi n'était pas d'humeur pour établir des stratégies. Je n'arrivais pas à penser à autre chose qu'à tuer Geoffrey et prendre ma compagne dans mes bras.

— Je le tuerai. Voilà mon plan.

— Super, dit Bryn. Mais j'ai une meilleure idée.

Mes pieds mouraient d'envie de se remettre en mouvement, mes yeux tournés vers l'horizon. Bientôt, je ne parviendrais plus à contenir l'animal en moi, qui exigeait de retrouver sa compagne.

— Fais vite, Bryn. Je ne pourrai pas me retenir longtemps.

Bryn se redressa et leva les mains.

— On va se séparer, cerner la grotte et y entrer par les deux côtés.

— D'accord.

Dani était proche. Je la sentais, à présent.

— Je pars par-là, repris-je. Si je le trouve, je le tue.

— Et si c'est moi qui le trouve ? me demanda Bryn.

— Garde-le-moi.

Je m'élançai à nouveau, Thomar sur les talons, alors que Bryn prenait une direction légèrement différente. Nous n'étions pas loin, et je savais que Bryn prenait la route la plus courte en direction de la caverne. Je pressai le pas. Je fis un détour et traversai l'arête, m'éloignant davantage du palais. Si Geoffrey était le Chasseur patient que je pensais qu'il était, il m'attendrait.

Mais il allait être déçu. Dani était quelque part dehors, notre lien fort, vibrant, m'attirant intuitivement dans une direction qui n'avait aucun sens. Mais je ne contredis pas l'instinct qui me disait de me diriger vers elle. J'en étais incapable. Elle était mienne et elle avait besoin de moi. Chaque cellule de mon corps répondait à cet appel. Mon esprit se tut et je courais si vite que mes propres pieds étaient flous. Thomar était à la traîne derrière moi, mais il était jeune, un Chasseur, et je savais qu'il ne perdrait pas ma trace. Il viendrait.

Mais pas avant que je trouve ma compagne.

Quelques secondes plus tard, je fus récompensé par la douce odeur de Dani, qui me parvenait grâce à la brise, fraîche et forte. Vivante. Et pas seule. Ma mère était avec elle. Que les dieux soient loués.

Quelques instants plus tard, je l'entendis murmurer :

— Allez, maman, je vous aide.

Maman ?

— Merci, ma belle.

Je faillis trébucher. Cette petite voix frêle venait-elle de ma mère ?

Alors que j'étais distrait, l'attaque surgit de nulle part, le corps de Geoffrey percutant le mien de côté, me faisant tomber sur les rochers. Je sentis une côte se briser, mais je n'étais pas un enfant, et on ne m'abattait pas si facilement. Je me retournai dans les airs et m'assurai que son corps pâtisse autant que le mien.

Le bruit retentissant fit pousser un cri à ma mère, mais j'ignorai les deux femmes. La menace se trouvait devant moi, et j'étais en plein affrontement avec l'ennemi, l'homme qui avait tenté de me tuer, qui avait menacé ma famille.

Il avait fait du mal à Dani.

Pour cela, il mourrait.

La lutte fut courte, mais sauvage, deux Chasseurs au meilleur de leur forme. Je savais que Dani et ma mère étaient apparues au bord de l'arête qui surplombait l'endroit où nous nous trouvions, que Thomar n'était pas loin, que Bryn nous rejoindrait dans quelques instants, le son de nos coups les attirant vers le combat.

Rien de tout cela ne m'importait. Tout ce qui comptait,

c'était de tuer Geoffrey. De neutraliser ce qui menaçait ma compagne.

Geoffrey me rouait de coups de poing, mais je ne sentais rien et je frappais vite et fort, à tour de bras. Je n'étais pas un homme. J'étais un prédateur, un Chasseur. L'odeur de mon sang et du sien se mêlaient, me poussant au bord de la folie.

Geoffrey me jeta, avec une force supérieure à tout ce que j'avais pu affronter dans ma vie, et je m'écrasai sur les rochers, tombai sur la terre en contrebas. Je me remis debout en quelques secondes. Couverts de terre, de sang, de colère, nous nous tournions autour.

Au-dessus de nos têtes, Dani et ma mère observaient la scène, hors de portée. Pour les atteindre, Geoffrey devrait me passer sur le corps.

— Ne le tue pas, Gage. C'est ton frère !

La voix de ma mère claqua dans l'air comme un tir de pistolet à ions dans la nuit, et Geoffrey cilla, distrait. Choqué.

— Vous le saviez ?

Son rugissement enragé était assourdissant, et ma mère hurla alors qu'il bondissait vers elles.

Nous nous rencontrèrent dans les airs, mes mains autour de son cou, que je tordais avec une sauvagerie que je reconnaissais à peine. Quand ses os craquèrent, je laissai retomber son corps inerte sur le sol et sautai à nouveau par-dessus l'arête, atterrissant accroupi devant ma compagne.

— Dani.

Je ne savais pas quoi dire. J'avais seulement besoin de la sentir. Son corps, son odeur. De la toucher. Elle se jeta dans mes bras et je l'étreignis alors qu'elle tremblait, alors que la bête qui avait pris possession de moi se calmait, à présent qu'elle était en sécurité auprès de moi. Je pris un instant pour me reprendre et je levai les yeux vers ma mère.

— Tu vas bien, Mère ?

— Oui, mon fils. Ta Dani nous a sauvé toutes les deux.

Thomar entra dans mon champ de vision, son regard braqué sur le corps inerte de Geoffrey. Je lus la trahison dans ses yeux, le dégoût. Il s'agenouilla devant ma mère, la tête penchée honteusement.

— Pourrez-vous me pardonner, Madame ? Je lui faisais confiance, ce qui vous a mis en danger. J'ai honte, et j'implore votre pardon.

Ma mère eut un petit rire et lui ébouriffa les cheveux comme s'il était un enfant.

— Ne dites pas de bêtises. Il nous a tous dupés. Même le père de Gage.

— C'est aussi lui qui a tué ton père, Gage. Il me l'a dit sur le balcon. Je suis désolée.

La confession qu'avait murmurée Dani me faisait mal, mais la douleur d'avoir perdu mon père n'était rien comparée à l'idée de la perdre elle. Ma vie. Mon sang. *Mienne.*

Bryn nous rejoignit alors que je poussais un grognement. La bête était de retour, l'animal qui avait besoin de sa compagne.

Je serrai Dani contre moi, refusant de la lâcher alors que Bryn appelait une navette pour que l'on vienne nous chercher et que l'on nous ramène au palais. Je portai Dani à bord, et nous laissâmes Geoffrey derrière nous. Le corps du traître n'occuperait plus jamais le même espace que ma compagne.

À l'instant où nous atterrîmes dans la cour, Bryn ouvrit la porte de la navette. Tout le palais scintillait de lumière, plein d'activité. De Chasseurs. La fête était finie, et l'on aurait dit que tous les Chasseurs qui me servaient étaient là, à attendre de nous accueillir. De nous protéger. De s'excuser.

Par tous les dieux, je n'avais pas de temps pour ça.

— Vas-y, dit Bryn, ses yeux sombres, sa posture rigide. On s'occupera des gardes et de ta mère.

La même adrénaline inondait son système. Il savait que le meilleur défouloir était le sexe. Mais ce n'était pas sa compagne qui s'était fait enlever. C'était la mienne. En plus de mon besoin de chasser ce trop-plein d'énergie, j'avais besoin de savoir, de sentir que Dani était en vie. En un seul morceau. En sécurité. Et l'avoir dans mes bras, la tenir, la toucher, m'enfoncer profondément en elle, me permettrait d'y répondre.

J'étais persuadé que Bryn traînerait Katie dans leur lit dès que sa mission serait terminée. Mais avant, il travaillerait jusqu'au bout, s'occuperait du corps de Geoffrey, d'envoyer les traîtres à la prison d'Incar, de fournir à Von et à Elon une nouvelle équipe de gardes pour protéger ma famille.

Von s'avança vers nous à grands pas, et je ressentis du soulagement en le voyant, mon ami. Un Chasseur de confiance.

— Les environs sont sécurisés, Gage. Toutes les pièces ont été fouillées.

— Et les traîtres ?

Je ne pouvais pas permettre aux hommes qui avaient trahi ma compagne de rester en liberté cette nuit.

— Enchaînés.

Le regard satisfait de Von et la traînée de sang sur sa joue me réjouissaient également.

— J'espère qu'ils ont résisté.

— Oh, oui, en effet.

— Les hommes sont trop bizarres.

La voix de ma compagne était douce, féminine, et pas du tout à sa place dans cette conversation sombre et morbide. Vengeresse.

Je tournai les yeux vers Dani, ses cheveux bien coiffés désormais ébouriffés et emmêlés. Sa robe dorée était déchirée par endroits, couverte de terre. Son maquillage avait disparu, sa peau mêlée de sueur et de poussière. Elle avait traversé tant d'épreuves, mais à mes yeux, elle restait sublime.

C'était la vraie Dani. Protectrice. Féroce. Impitoyable à sa manière. Elle n'avait pas besoin de poussière de diamant ou de robe de bal. Elle n'avait besoin de rien du tout pour être

parfaite. Je la voulais. Tout de suite. J'avais une érection lancinante, toute mon énergie en trop dirigée vers mon sexe, le
gonflant d'un besoin charnel et sauvage.

Je fis un signe de tête à Von, qui attendait. Ma présence
n'était plus requise. Ma mission était accomplie. Ma compagne
était saine et sauve à mes côtés.

— Viens, Dani.

Elle fronça les sourcils.

— Où ça ?

Je ne savais pas trop, mais je voulais m'éloigner de tout le
monde.

— Prends-moi la main, ou je te jette sur mon épaule, l'avertis-je.

Et j'étais prêt à le faire. Je n'étais pas d'humeur à ce qu'on
me contredise. Je la désirais. Tout de suite.

Elle avait dû entendre le sérieux de mon ton, lire la sincérité dans mes yeux, car elle parcourut les quelques pas qui
nous séparaient et mit sa main dans la mienne, nos marques
l'une contre l'autre.

Je me mis à marcher en la traînant derrière moi. La
dernière fois que j'avais fait ça, elle m'avait obligé à m'arrêter à
cause de sa cheville blessée. Pas cette fois. Je n'eus pas à la
traîner longtemps ; elle tenait facilement le rythme.

— Où on va ? répéta-t-elle.

— Dans le premier recoin sombre.

— Oh, oui, murmura-t-elle.

Je regardai autour de moi, la menant le long de couloirs
vides dans lesquels je ne m'étais pas aventuré depuis que j'étais
petit. Je tournai à gauche, puis à droite, encouragé par ses mots,
mon sexe commençant à prendre le contrôle de mes pensées.
J'avais besoin de me retrouver en elle. Tout de suite. Rien
d'autre. Dois. Baiser. Ma. Compagne.

En fin de compte, je me transformais bel et bien en homme
des cavernes.

Là ! Une alcôve, mal éclairée, sans personne dans les environs. Et s'il y avait eu des gens, je m'en serais fichu, à ce stade. J'étais férocement protecteur envers Dani, et même si en temps normal, je n'aurais jamais permis à qui que ce soit de la voir comme ça ou d'entendre ses cris de plaisir, en cet instant, je n'en avais rien à faire. Le bruit résonnerait et tout le monde saurait qu'elle était vivante, que son compagnon s'occupait d'elle, l'emplissait. Lui donnait l'orgasme qu'il lui fallait.

Vivants.

Nous étions vivants.

— Ça ne sera pas doux, compagne.

— Non, confirma-t-elle, sa respiration haletante à cause de l'effort.

Son regard pâle balaya mon corps avec un désir palpable. Je m'avançai vers elle. Elle recula jusqu'à se retrouver dos au mur, les bras de chaque côté du corps. Je regardais sa poitrine se soulever, ses pupilles se dilater.

— Ça sera rapide, dis-je.

— Je te veux en moi. Emplis-moi. Baise-moi.

C'était la première fois qu'elle parlait aussi crûment. J'adorais ça, mais je ne ferais pas ce qu'elle m'ordonnait. Pas encore. Ce n'était pas elle qui commandait. J'avais été privé de mon autorité pendant sa disparition, mais à présent, j'allais la dominer.

Je me laissai tomber à genoux devant elle, et soulevai le bas de sa robe par-dessus ma tête pour plonger sous son jupon. Je lui arrachai sa culotte et dénudai son sexe pour mon plus grand plaisir. Et le sien.

Lorsqu'elle haleta, je lui remontai sa robe jusqu'à la taille et levai les yeux pour croiser son regard posé sur moi, pour observer mes actes pleins d'audace.

Ses longues jambes fines étaient pâles, contrastant avec l'alcôve plongée dans la pénombre. Et entre elles se trouvait sa chatte, qui m'appelait comme un phare. Ses lèvres gonflées et ses poils bien taillés étaient mouillés de désir. Je le voyais, le sentais. Avec un rapide regard vers elle, je me léchai les lèvres, salivant à l'idée de ce que j'allais faire.

— Tu vas jouir, compagne. Vite et fort. Ensuite, je te baiserai. J'ai beau être un homme des cavernes, je veux que tu sois prête.

— Je suis déjà prête.

Je secouai lentement la tête.

— Tu m'obéiras et tu jouiras.

Je passai les mains autour de ses hanches et saisis ses fesses nues pour l'attirer vers moi. Ma bouche se posa sur elle un instant plus tard. Elle poussa un cri, et ses doigts se posèrent immédiatement sur ma tête pour s'emmêler dans mes cheveux.

Sa saveur explosa sur ma langue. Chaude, épicée, sucrée. Ses replis étaient doux et rebondis, son clitoris de plus en plus ferme et gonflé alors que je le suçais et le lapais.

Je plongeai deux doigts en elle, sentant les profondeurs liquides de son sexe. Elle était trempée pour moi. Elle n'avait pas menti quand elle avait dit qu'elle était prête. Ses parois ondulaient et se contractaient alors que je trouvais le petit renflement en elle, que je pliais les doigts et que j'appuyais dessus. Je la connaissais, savais ce qui la faisait haleter de désir, ce qui la titillerait jusqu'au bord de l'orgasme, mais sans la laisser jouir pour de bon. Je savais exactement où la caresser, sur le côté gauche de son clitoris.

Je n'avais pas le temps de faire monter lentement la température. Elle jouirait immédiatement. Elle savait que j'étais aux commandes, que j'étais maître de son corps, de son cœur et de son esprit. Que je pouvais faire d'elle tout ce que je voulais, et que cela lui apportait du plaisir. Rien que du plaisir. De l'amour.

Des émotions.

— Gage ! s'écria-t-elle.

Je ne ralentis pas, ne lui laissai pas de quartier. En quelques secondes, elle se mit sur la pointe des pieds, me tirant presque les cheveux avec ses doigts. Elle était crispée, tendue comme un arc, mais je continuai de la pousser. Elle se colla à moi en poussant un cri, son corps se tordant sous le plaisir intense que je lui donnais. Ces bruits, je les avais provoqués. Les fluides que j'avalais étaient le signe que son corps se soumettait, succombait et acceptait ce que je lui donnais. Et qu'il en voulait plus.

Je n'attendis pas que ses spasmes prennent fin, mais je la laissai en proie à la passion alors que je me levais, déchirais l'avant de mon pantalon et m'enfonçais profondément en elle.

Elle poussa un cri alors que je la soulevais, que ses pieds quittaient le sol et que je l'empalais sur mon membre. Je la maintins en l'air, mon sexe plongé jusqu'à la garde, son dos contre le mur. Ses parois internes continuaient de se contracter sur moi, autour de mon sexe, cette fois. Elle était si serrée, son centre gonflé m'étranglant presque. Mais un seul coup de reins ne suffisait pas. Il fallait que je me mette en mouvement, que je me serve de son sexe pour apaiser la frustration, la peur, le désir qu'elle me faisait ressentir.

Penché en avant, je l'embrassai dans le cou, humai son odeur alors que mes hanches allaient et venaient. La martelaient.

— Ma compagne. Mon amour. Mon cœur, susurrai-je alors que je la baisais de toutes mes forces.

Elle se contentait de dire *oui, oui, oui* encore et encore alors que je la pénétrais.

Je ne tins même pas trente secondes. Le plaisir monta à la base de mon échine, mes bourses remontèrent, et cette pression était insoutenable. Je jouis avec un grognement, et lui mordillai le cou alors que je gémissais, l'emplissant de jets après jets de ma semence.

Le plaisir était tellement grand que je vis des étoiles, que j'avais l'impression que le sommet de ma tête explosait. Je me retirai et la reposai sur ses pieds. Nous étions toujours haletants, tentant de reprendre notre souffle. Dani n'avait pas joui avec moi. Je l'avais menée à l'orgasme une fois, mais ce n'était pas suffisant. Je voulais l'entendre à nouveau. J'en avais besoin. Pour elle.

Je la retournai, lui plaquai les poignets contre le mur de chaque côté de sa tête, lui passai une main autour de la taille, et la tirai vers moi. Ses fesses étaient sorties, et je voyais tout, sa chatte trempée et gonflée, ses cuisses pâles couvertes de ma semence.

Mon membre était toujours dur comme du bois, même si je venais tout juste de jouir. Il brillait dans la pénombre, enduit du désir de Dani, de ma semence. Une fois ne m'avait pas suffi.

Je posai une main à côté d'elle et me penchai sur son corps.

— Encore.

— Oui, gémit-elle en agitant les hanches.

Je pris cela comme une invitation et l'emplis à nouveau.

— Gage ! Putain, tu es tellement profondément en moi !

C'était le cas, je sentais le fond de son vagin contre mon gland.

— Tu vas jouir et tu aspireras ma semence, soufflai-je.

J'étais perdu en elle. Bon sang s'il y avait eu un tremblement de terre, je ne l'aurais même pas remarqué. Si le palais prenait feu, je ne serais même pas capable de m'interrompre.

J'avais une mission. Faire jouir Dani. L'emplir de ma semence. Lui faire un bébé. Je savais que cette fois serait la bonne. Sauvage. Sans rien dissimuler. Toutes nos inhibitions envolées. En cet instant, alors que je la baisais avec force et passion, nous étions nous-mêmes, réduits à nos bas instincts. Et rien ne pourrait empêcher ma semence de prendre racine.

De la sueur me coulait sur le front, le bruit de nos corps qui se heurtaient aussi fort que nos halètements.

Le plaisir était intense, même si je venais de jouir quelques secondes plus tôt. Elle était trempée, et mon sperme la rendait très glissante. Je posai le pouce là où nous nous joignions, sentis mon membre aller et venir en elle, récupérant nos fluides. Je trouvai ses fesses tentantes et caressai son autre entrée jusqu'à la pénétrer avec mon pouce.

Je la pris, par-devant et par-derrière, la baisant avec mon membre et mon doigt.

Elle leva la tête, ses cheveux dans tous les sens et lui retombant dans le dos. Elle était sauvage, perdue dans l'acte. Tellement belle. Superbe dans son abandon.

— Jouis, compagne. Maintenant, lui ordonnai-je.

Je sentis ses parois internes se contracter une fois, son corps se tendre, juste avant qu'elle pousse un cri. Son plaisir était si grand que ses paumes glissèrent sur le mur. Je passai mon bras libre autour de sa taille et la soulevai en la baisant comme elle en avait besoin.

Je la suivis dans la jouissance, l'emplissant d'encore plus de semence, conscient qu'avec chaque contraction interne, elle absorbait tout dans son utérus.

Elle était toute molle dans mes bras, sa respiration saccadée.

Avec précaution, je me retirai, la fis tourner et la pris dans mes bras. Je l'embrassai, féroce et sauvage, la goûtai.

Ses yeux pâles, troublés par la passion, rencontrèrent les miens. Elle eut un sourire presque rêveur.

— C'est tout ce que tu as pour moi, l'homme des cavernes ?

Mes lèvres à quelques millimètres des siennes, je secouai la tête.

— On n'a pas fini, compagne, grondai-je avant que ma bouche s'écrase de nouveau contre la sienne alors que je lui collais le dos au mur pour la prendre encore.

17

OH LA VACHE, ça avait été torride. À présent, je savais ce que ça voulait dire de *baiser comme des bêtes*. J'avais eu ma petite idée, mais ça ne m'était encore jamais arrivé.

Je souris et me collai davantage à Gage. Ma tête se servait de son torse comme d'un oreiller. Je ne me souvenais pas très bien de la manière dont nous avions regagné notre chambre. Il m'avait embrassée tout du long alors que nous nous prenions les murs. Les portes. Ni lui ni moi ne voulions nous arrêter pour reprendre son souffle.

Seigneur, il était passionné. Et chaud. Et dominateur. Et puissant. Et à moi.

Il nous avait fait prendre une douche rapide, nous savonnant et nous rinçant pour nous débarrasser de ce qui nous était arrivé, puis nous avait mis au lit. Il n'avait pas tenté de me faire de nouveau l'amour, s'était contenté de me serrer contre lui pour que nous soyons le plus proche possible, ma tête posée sur son torse, puis il s'était vite endormi.

Il avait passé des heures à tenter de nous trouver. J'avais vu son mouvement flou dans l'obscurité alors qu'il se dirigeait vers notre cachette. Quand Geoffrey avait bondi, et que j'avais réalisé que la tache floue était Gage, j'avais poussé un cri.

J'avais su que les Chasseurs étaient rapides, mais bon sang, je n'avais encore jamais rien vu de tel. Je n'avais même jamais entendu parler d'une telle chose, à part dans les romans d'amour que je lisais à l'époque, avec un héros vampire.

Peut-être le superhéros Flash ?

Peut-être.

Il était en pleine traque, courant à la vitesse de l'éclair. Et pendant tout ce temps, je n'avais pas dormi non plus. Entre la baise sauvage et la tendresse sous la douche, je n'avais pas réussi à garder les yeux ouverts beaucoup plus longtemps que lui.

Mais à présent, des heures plus tard, j'étais réveillée et je me sentais mieux. Reposée. Mon esprit était serein, maintenant que ses bras étaient passés autour de moi, que son cœur battait dans un rythme régulier contre mon oreille.

Le traître était mort. Geoffrey. Un demi-frère dont Gage avait ignoré l'existence, et qui n'avait pas toute sa raison. Seigneur, penser que la mère de Geoffrey avait été repoussée pour le devoir et la richesse, pour le pouvoir politique, et tant pis pour l'amour... Mais toute la compassion que je pouvais éprouver pour elle s'envola quand je pensai à ce qu'elle avait fait à son fils. Elle s'était laissé aller à la haine et à la colère, des émotions qu'elle avait transmises à son fils comme une maladie contagieuse. Geoffrey aurait mérité mieux, mais rien ne l'obligeait à tuer son père, ou à laisser Gage pour mort. Rien ne l'obligeait non plus à souhaiter la mort de Mauve et la mienne.

C'était trop grave. Ce qu'il avait fait était irréparable, et je devais croire que la mort était ce qu'il y avait de mieux pour lui. Sa fin avait été violente, mais il était enfin en paix.

Même si je doutais que Geoffrey soit la dernière menace qui pèserait sur la vie de Gage, j'étais presque sûre que mon compagnon n'avait pas d'autres squelettes – ou de frères cachés – dans son placard.

Mauve, que j'avais d'abord prise pour une folle, n'était pas si terrible que ça. Il avait suffi d'un enlèvement et un homme vengeur pour remettre les choses en perspective.

Y compris ce que je ressentais pour Gage. Pour l'enfant que je portais. Je me rendais compte qu'il n'était toujours pas au courant. Je serrai Gage contre moi. Mon besoin de me coller davantage à lui, même si j'étais déjà allongée sur lui, était irrésistible.

— Je t'aime, dis-je à voix haute, même si je savais qu'il dormait et qu'il ne pouvait pas m'entendre.

Je le lui répéterais quand il se réveillerait, mais je ne pouvais plus contenir ces mots plus longtemps. Ils étaient destinés à Gage, et à notre fils.

— Moi aussi, je t'aime, répondit mon compagnon, me faisant sursauter, ses mots vibrants dans sa poitrine.

Je levai la tête et le regardai. Il avait l'air reposé, débarrassé de ses tensions. Je ne voyais plus qu'un regard doux, un air tendre, un petit sourire.

Ses yeux n'étaient pas assombris par le désir, mais par une émotion plus profonde.

— C'est vrai ? murmurai-je.

— Tu doutes de mon amour ? demanda-t-il en faisant glisser sa main le long de mon dos nu.

Je réfléchis un instant.

— Non. Mais je ne t'avais encore jamais entendu dire ces mots.

— Je t'ai montré mon amour avec chaque geste, chaque mot. Chaque pensée. Tout ce que je fais, c'est pour toi.

— Tu es un prince, rétorquai-je. Tout ce que tu fais, c'est pour ton peuple.

— Ça devrait être vrai, mais pour toi, je défie les conventions. Je suis peut-être le prince, mais le prince se plie à ta volonté. Je serais prêt à réduire le conseil des Sept en cendres s'il te menaçait. Je suis à ta merci, mon amour.

Je souris.

— C'est vrai ?

— Bien sûr. Complètement.

Je me redressai et m'assis à côté de lui. Son regard se posa sur mes seins nus, et son air satisfait fut vite remplacé par du désir.

J'attrapai le drap et le jetai au pied du lit, découvrant le corps magnifique de Gage jusqu'aux chevilles. Son sexe se mettait rapidement au garde-à-vous.

— Alors je vais te soumettre à ma volonté tout de suite, dis-je.

Il haussa un sourcil noir et me posa une main sur la hanche.

— Qui c'est qui commande au lit ?

J'étouffai un rire.

— Pas seulement dans la chambre, répliquai-je en repensant à la façon dont il m'avait dominée dans le couloir quelques heures plus tôt.

Mon sexe était toujours sensible après ses attentions ferventes.

Il sourit d'un air malicieux, ce qui ne me donna que plus envie de le dominer.

— Tu as dit que tu étais à ma merci.

Il me regarda et m'examina d'un air songeur. Il leva la main et la posa sur mon sein, qu'il pétrit avec douceur.

Je soutins son regard et attendis, même si sa caresse me faisait mouiller de hâte pour ce qu'il avait prévu de me faire.

Il retira sa main et la coinça, avec l'autre, derrière sa tête, les coudes écartés.

— Tu veux me dominer ?

Je hochai la tête et me léchai les lèvres à la perspective de pouvoir faire tout ce que je voulais de chaque centimètre de son érection.

— Très bien, alors fait ce que tu veux de moi.

C'était à mon tour de sourire.

— C'est toujours toi qui commandes, dis-je. Tu me *laisses* l'occasion de te baiser comme je l'entends.

Ses yeux s'assombrirent à mes mots.

— Crois-moi, je le permets peut-être, mais je vais savourer chaque chose que tu choisiras de me faire.

Je passai les doigts autour de la base de son sexe, l'agrippai, et le caressai.

— Même ça ? dis-je.

Ses hanches se soulevèrent automatiquement, et il poussa un soupir.

— Même ça.

Oh, j'allais bien m'amuser.

Je me penchai en avant et passai la langue sur son gland évasé, goûtai la goutte nacrée de liquide pré-séminal. Le goût salé explosa sur mes papilles.

— Même ça, demandai-je encore, le titillant éhontément, à présent.

Il gémit, mais ne bougea pas les mains.

— Même ça. Prends-moi profondément, compagne.

Je me redressai en secouant la tête.

— Tu ne peux pas avoir les manettes si c'est moi qui joue.

Il fronça les sourcils, ne comprenant pas bien ma métaphore.

— Tu as le droit de dire oui, encore, ou mon prénom. Tu peux même me supplier. Mais c'est tout.

— Si je dis d'accord, tu remettras ma queue dans ta bouche ?

— Oui, et je la mettrai même peut-être dans ma chatte, pour la chevaucher jusqu'à jouir dessus.

Il poussa un nouveau gémissement, et ses mains allèrent agripper la tête de lit, ses jointures blanchies. Je voyais à quel point il était difficile pour lui de céder son autorité.

— C'est peut-être toi le prince, mais là, c'est moi qui ai tout le pouvoir.

— Oui, Princesse, dit-il, avant de soupirer lorsque je le pris en bouche.

— Oh, et au fait, compagnon ? demandai-je en me souvenant de ce que je voulais lui dire avant qu'il me distraie. Tu ferais bien de bien te tenir. Ma voix compte pour deux, désormais.

— Quoi ? demanda-t-il, les yeux fixés sur mes seins.

— C'est moi qui porte ton fils, après tout.

Il se figea, et je ne savais même pas s'il respirait toujours. Ses yeux se levèrent vers les miens. Soutinrent mon regard.

— Quoi ?

Je me léchai les lèvres.

— Geoffrey avait une de ces baguettes et il m'a montré les résultats. Il voulait... enfin, ça n'a plus d'importance, désormais.

— Un bébé ?

Je hochai la tête.

— C'est fou, je sais. Mais il m'a montré son analyse de l'ADN du bébé. C'est un garçon. Il doit faire la taille d'un grain de poussière, mais il grandit en moi. Notre fils.

Je posai la paume sur mon bas-ventre, puis attrapai la main de Gage et l'y posai.

— Il est réel, Gage. Il grandit en ce moment même. Il est à nous.

J'étais submergée par le bonheur, et des larmes me

roulaient sur le visage. Comment était-il possible d'être si heureuse ?

Il dut réaliser ce que je venais de lui dire, car il bougea les mains et m'attrapa les hanches.

— Compagne, mon cœur est à toi. Mais comment as-tu pu me laisser te baiser comme ça ? J'aurais pu faire mal au bébé.

J'éclatai de rire.

— Je suis sûre que faire l'amour comme des bêtes n'est pas dangereux. Sinon, il n'y aurait pas beaucoup de naissances.

— Tout ce qui m'importe, c'est *notre* bébé.

— Eh bien, tu devrais aussi te soucier de la mère de ce bébé et de son besoin de jouir sur ton érection.

Il resta bouche bée. Je l'avais surpris. Je ris, me sentant heureuse et complète.

— Je devrais te donner la fessée pour te punir de ton impertinence, dit-il, avant de froncer les sourcils. Ça fera du mal au bébé ?

Je ne répondis pas, car je réalisais qu'il allait se montrer ultra prudent et paranoïaque durant les neuf prochains mois. Il fallait que je le distraie avant qu'il m'emballe dans l'équivalent éverien du papier bulle.

— Où en étais-je ? dis-je. Ah, oui, tu avais les mains sur la tête de lit et c'était moi qui commandais.

Il fronça les sourcils, mais vu la façon dont son sexe pulsait, je savais qu'il était revenu à nos moutons.

Une fois ses mains à leur place au-dessus de sa tête, je me penchai sur son membre et le pris dans ma bouche. Je voulais qu'il ne pense à rien d'autre qu'à ça. Moi. Nous.

Son épaisse érection m'étirait les lèvres, et je le lapai avec ma langue, parcourant la veine qui traversait son sexe.

— Dani, grogna-t-il en réponse, gonflant alors que je continuais de le caresser avec ma bouche, ma langue et ma main.

— S'il te plaît, gémit-il au bout d'un moment.

Je me redressai et me léchai les lèvres. De la sueur perlait sur son front, sa mâchoire était serrée, et chaque muscle de son corps était tendu.

— Tu me supplies ? demandai-je, ravie, c'est ma chatte que tu veux ?

Il hocha la tête.

— À quel point ?

— Désespérément.

Nous étions en train de jouer, et même dans son état de désir avancé, il me permit de continuer. Cela m'encourageait à me montrer audacieuse. Plus audacieuse, même, que je ne l'aurais jamais cru possible.

Je me déplaçai et chevauchai sa taille, pris mes seins en mains.

— Très bien, tu auras ma chatte. Après...

Au lieu de reculer pour prendre son sexe en moi, j'avançai à genoux et remontai le long de son torse pour que mon centre mouillé soit placé juste au-dessus de sa bouche.

— Fais-moi jouir, et ensuite, j'envisagerai de te chevaucher.

Il gémit, son regard braqué sur mon entrejambe. Il se lécha les lèvres.

— Tu as dit qu'il fallait que j'aie un orgasme, pour être sûr que je sois prête. Tu es tellement bien monté.

Son regard croisa le mien durant un bref moment, puis il lâcha la tête de lit, m'attrapa par les hanches et m'assit sur son visage.

C'était à mon tour de devoir me tenir. Il me léchait avec la voracité d'un homme à bout.

— Seigneur, Gage. Oui, comme ça.

Je jouis en moins d'une minute. Mon désir était énorme, ses compétences incroyables.

Je repris mon souffle, puis glissai le long de son corps afin de me retrouver allongée sur lui, son membre niché contre mon entrée, mes lèvres collées aux siennes. Je goûtai mon essence.

— Mon prince, êtes-vous prêt pour une folle chevauchée ?

Il m'embrassa encore. Ses mains se reposèrent sur mes hanches puis me firent descendre jusqu'à ce que je sois complètement emplie.

— Ma princesse, mon amour, la folle chevauchée a commencé à l'instant où nous avons commencé à partager nos rêves.

Et ce furent ses dernières paroles avant que je m'assoie et que je me mette à onduler, le prenant comme je l'entendais.

Il avait raison. La folle chevauchée, c'était la vie que nous partagions désormais, et j'avais hâte de découvrir ce qui nous attendait.

ÉPILOGUE

 ani

— Il va nous falloir plus de chambres dans le palais, dit Gage alors que nous entrions dans la salle à manger.

Il avait une main dans mon dos, l'autre dans la mienne, comme si j'étais incapable de marcher toute seule. Mais il était comme ça, très protecteur depuis qu'il avait découvert que j'étais enceinte, des mois plus tôt. Le médecin avait confirmé ce qu'avait révélé l'analyse de Geoffrey. J'étais tombée enceinte la première fois que Gage m'avait fait l'amour. À présent, neuf mois plus tard, il était encore plus obsédé par ma sécurité. Bien sûr, je me promenais avec un ventre de la taille d'une pastèque et je n'avais pas vu mes pieds depuis cinq semaines.

Von, Bryn et Elon se mirent tous debout à mon arrivée, par respect pour moi. Leurs compagnes ne se levèrent pas. Elles aussi étaient à un stade avancé de grossesse. C'était moi qui avais découvert que j'étais enceinte la première, même si Lexi et Katie avaient été revendiquées avant moi.

Gage se vantait auprès des autres hommes et disait que sa virilité était supérieure à la leur. Von et Bryn le prenaient bien, car faire un bébé n'était pas une course. Ils étaient heureux avec Katie et Lexi, impatients que leurs bébés naissent.

Quant à Elon, Gage n'était pas ravi d'avoir la preuve grandissante qu'il avait revendiqué sa petite sœur, mais ils étaient accouplés, et il ne pouvait rien dire.

— Oncle Gage !

Une fusée de trois ans courait droit vers nous, et Gage souleva le petit garçon avant qu'il ne me rentre dedans. Gage le jeta en l'air, et l'enfant poussa un petit cri ravi.

— Encore.

Gage recommença, puis le serra dans ses bras.

— Dis bonjour à tante Dani.

— Bonjour, tante Dani !

Le nabot était le portrait craché de Gage, et mon cœur se gonflait de joie chaque fois qu'ils étaient ensemble. Cela me donnait un aperçu du père que mon compagnon serait pour nos enfants.

— George, laisse ton oncle et ta tante entrer dans la pièce, le gronda gentiment Mauve. Elle s'approcha avec un sourire de mamie bienveillante au visage. Elle n'avait pas été très agréable à mon arrivée, mais la découverte d'un enfant – de l'enfant de Geoffrey – l'avait amadouée.

Après l'incident de l'ascension – c'était le nom que je donnais à cet événement dans ma tête –, nous avions appris beaucoup de choses sur Geoffrey. Y compris l'existence de George. Geoffrey s'était accouplé avec une femme de Feris 5, et elle était vite tombée enceinte. Il avait dû tenir à elle et à l'enfant, mais sa soif de vengeance avait brouillé tout le reste. Mon arrivée avait été la goutte d'eau qui fait déborder le vase pour Geoffrey. Dans le brouillard de sa colère, il avait tué sa compagne, même s'il avait épargné George. Peut-être parce qu'il l'aimait, ou alors parce que George serait devenu son héritier et aurait poursuivi sa lignée, nous ne le saurions jamais.

Mais j'étais contente que Geoffrey se soit montré clément avec l'enfant.

Le petit garçon était merveilleux. Gentil. Impétueux et parfaitement normal pour un enfant de trois ans.

Dire que son existence nous avait surpris aurait été un euphémisme. Mauve l'avait immédiatement recueilli et était devenue sa tutrice légale. Comme notre bébé n'était pas encore né, George était l'héritier actuel. Cela changerait dès que notre fils viendrait au monde. George était un membre de la famille royale, mais ce n'était pas un enfant légitime, contrairement aux enfants que Gage et moi aurions.

Les aristocrates avaient des règles et des millénaires de traditions.

Vu la façon dont George riait et courait dans les jupes de sa grand-mère, je savais qu'il serait aimé et qu'il ne manquerait de rien. C'était le plus important.

Je me trémoussai, mal à l'aise, et Gage me mena à ma place habituelle autour de la grande table.

J'espérais que le bébé naîtrait bientôt. Aujourd'hui, dans l'idéal. Quand à George, il ne savait rien de l'ascension, ne connaissait rien d'autre que l'amour de sa grand-mère, de Gage, de nous tous. J'espérais que lui et notre enfant seraient des amis proches. George se dégagea des bras de Gage et rejoignit son siège, sur lequel il grimpa pour s'installer.

— On mange du dessert pour dîner !

Je regardai l'assiette sous mes yeux. Du gâteau aux noix. Mon préféré.

— C'est moi qui ai demandé ça, dit Lexi, une main sur son ventre. J'avais une petite envie.

— Une petite envie ? répéta Von en se glissant à côté d'elle dans sa chaise, tout en lui passant le dos des doigts sur la joue.

Une obsession, oui. Et si je n'avais pas fait la demande au cuisi-nier, j'aurais dormi sur le canapé.

Je vis Bryn pâlir face à cette perspective.

— Tu as bien fait, dit-il à son ami.

— Tu oses te moquer d'une femme enceinte ? demanda Rayla à son compagnon, que les commentaires de Bryn et Von faisaient rire.

Le sourire d'Elon s'envola, et il leva les mains en geste de reddition.

— Mon amour, je mangerai du gâteau à chaque repas si ça me permet de rester dans ton lit.

Gage poussa un grognement.

— Du gâteau ! Du gâteau ! s'exclama George en en fourrant un gros morceau dans sa bouche. Il souriait en mâchant, des miettes sur les lèvres.

— Comme je l'ai dit, intervint Gage en se penchant vers moi après avoir pris place et mis sa serviette sur ses genoux, il nous faudra bientôt plus de chambres dans le palais.

— Quatre bébés et un enfant suffisent à remplir le palais ? demandai-je. Je suis sûr que cette demeure a des dizaines de pièces vides, et je ne parle que du premier étage.

Cet endroit était gigantesque.

Mes meilleures amies s'étaient installées au palais après l'incident de l'ascension. Von et Bryn avaient décidé de se faire muter dans la garde royale. J'étais contente d'avoir Lexi et Katie auprès de moi, surtout maintenant que nous attendions toutes des bébés au même moment. Nos enfants allaient pouvoir grandir ensemble, être les meilleurs amis du monde, eux aussi. Et George serait leur grand frère protecteur.

— Ce n'est que cette année, rétorqua Gage. Ta chatte est tellement avide de ma queue, que tu seras de nouveau enceinte dans quelques mois.

Même si je ne pouvais pas nier que ma grossesse m'avait rendue constamment excitée, l'idée de redevenir une baleine si vite me poussait à me demander si je ne ferais pas mieux de prendre une contraception pendant quelque temps.

— Oncle Gage, je vais nager dans ma baignoire avant de me coucher !

Mauve regarda George avec affection.

— Tu as fini ton assiette ? lui demanda-t-elle.

Il hocha la tête et reposa sa fourchette. Pas une miette ne restait devant lui.

— Tu as la bouille pleine de gâteau. Heureusement qu'on va faire trempette, Prince George, dit-elle en se levant et en le prenant par la main. Elle l'appelait souvent ainsi, pour qu'il s'habitue à son titre. Il n'aurait pas de responsabilités particulières associées à son rang, mais pour l'instant, c'était suffisant. En tant qu'héritier biologique du père de Gage, George était réellement un prince, un prince bâtard, mais ils ne semblaient pas employer ce terme sur cette planète, en tout cas pas en bonne compagnie, et je n'avais pas l'intention de commencer, pas quand le petit bout en question nous rendait tous si heureux.

Gage se blottit contre moi alors que je prenais une bouchée du délicieux gâteau.

— Ne t'en fais pas, moi aussi, je te laverai dans le bain, dit-il.

Il sourit, et je sus que ma vie ne pourrait être plus parfaite. Un bébé en route, des amis autour de moi. Un compagnon dévoué. J'avais l'impression d'être une princesse. J'en étais une, d'ailleurs, mais pour Gage, je serais toujours cette bonne vieille Dani.

Et je l'aimais plus que tout.

CONTENU SUPPLÉMENTAIRE

Pas d'inquiétude, les héros de la Programme des Épouses Interstellaires reviennent bientôt ! Et devinez quoi ? Voici un petit bonus rien que pour vous. Inscrivez-vous à ma liste de diffusion; un bonus spécial réservé à mes abonnés pour chaque livre de la série Programme des Épouses Interstellaires vous attend. En vous inscrivant, vous serez aussi informée dès la sortie de mes prochains romans (et vous recevrez un livre en cadeau... waouh !)

Comme toujours... merci d'apprécier mes livres.

http://gracegoodwin.com/bulletin-francais/

LE TEST DES MARIÉES
PROGRAMME DES ÉPOUSES INTERSTELLAIRES

VOTRE compagnon n'est pas loin. Faites le test aujourd'hui et découvrez votre partenaire idéal. Êtes-vous prête pour un (ou deux) compagnons extraterrestres sexy ?

PARTICIPEZ DÈS MAINTENANT !

programmedesepousesinterstellaires.com

BULLETIN FRANÇAISE

REJOIGNEZ MA LISTE DE CONTACTS POUR ÊTRE DANS LES
PREMIERS A CONNAÎTRE LES NOUVELLES SORTIES, OBTENIR
DES TARIFS PREFERENTIELS ET DES EXTRAITS

http://gracegoodwin.com/bulletin-francais/

OUVRAGES DE GRACE GOODWIN

Programme des Épouses Interstellaires

Domptée par Ses Partenaires

Son Partenaire Particulier

Possédée par ses partenaires

Accouplée aux guerriers

Prise par ses partenaires

Accouplée à la bête

Accouplée aux Vikens

Apprivoisée par la Bête

L'Enfant Secret de son Partenaire

La Fièvre d'Accouplement

Ses partenaires Viken

Combattre pour leur partenaire

Ses Partenaires de Rogue

Possédée par les Vikens

L'Epouse des Commandants

Une Femme Pour Deux

Traquée

Emprise Viken

Rebelle et Voyou

Programme des Épouses Interstellaires Coffret - Tomes 1-4

Programme des Épouses Interstellaires Coffret - Tomes 5-8

Programme des Épouses Interstellaires Coffret - Tomes 9-12

Programme des Épouses Interstellaires Coffret - Tomes 13-16

Programme des Épouses Interstellaires:
La Colonie

Soumise aux Cyborgs

Accouplée aux Cyborgs

Séduction Cyborg

Sa Bête Cyborg

Fièvre Cyborg

Cyborg Rebelle

La Colonie Coffret 1 (Tomes 1 - 3)

La Colonie Coffret 2 (Tomes 4 - 6)

L'Enfant Cyborg Illégitime

Programme des Épouses Interstellaires: Les Vierges

La Compagne de l'Extraterrestre

Sa Compagne Vierge

Sa Promise Vierge

ALSO BY GRACE GOODWIN

Interstellar Brides® Program: The Beasts

Bachelor Beast

Interstellar Brides® Program

Assigned a Mate

Mated to the Warriors

Claimed by Her Mates

Taken by Her Mates

Mated to the Beast

Mastered by Her Mates

Tamed by the Beast

Mated to the Vikens

Her Mate's Secret Baby

Mating Fever

Her Viken Mates

Fighting For Their Mate

Her Rogue Mates

Claimed By The Vikens

The Commanders' Mate

Matched and Mated

Hunted

Viken Command

The Rebel and the Rogue

Rebel Mate

Surprise Mates

Interstellar Brides® Program: The Colony

Surrender to the Cyborgs

Mated to the Cyborgs

Cyborg Seduction

Her Cyborg Beast

Cyborg Fever

Rogue Cyborg

Cyborg's Secret Baby

Her Cyborg Warriors

The Colony Boxed Set 1

Interstellar Brides® Program: The Virgins

The Alien's Mate

His Virgin Mate

Claiming His Virgin

His Virgin Bride

His Virgin Princess

The Virgins - Complete Boxed Set

Interstellar Brides® Program: Ascension Saga

Ascension Saga, book 1

Ascension Saga, book 2

Ascension Saga, book 3

Trinity: Ascension Saga - Volume 1

Ascension Saga, book 4

Ascension Saga, book 5

Ascension Saga, book 6

Faith: Ascension Saga - Volume 2

Ascension Saga, book 7

Ascension Saga, book 8

Ascension Saga, book 9

Destiny: Ascension Saga - Volume 3

Other Books

Their Conquered Bride

Wild Wolf Claiming: A Howl's Romance

CONTACTER GRACE GOODWIN

Vous pouvez contacter Grace Goodwin via son site internet, sa page Facebook, son compte Twitter, et son profil Goodreads via les liens suivants :

Abonnez-vous à ma liste de lecteurs VIP français ici :
bit.ly/GraceGoodwinFrance

Web :
https://gracegoodwin.com

Facebook :
https://www.visagebook.com/profile.php?id=100011365683986

Twitter :
https://twitter.com/luvgracegoodwin

Goodreads :
https://www.goodreads.com/author/show/
15037285.Grace_Goodwin

Vous souhaitez rejoindre mon Équipe de Science-Fiction pas si secrète que ça ? Des extraits, des premières de couverture et un aperçu du contenu en avant-première. Rejoignez le groupe Facebook et partagez des photos et des infos sympas (en anglais). INSCRIVEZ-VOUS ici :
http://bit.ly/SciFiSquad

À PROPOS DE GRACE

Grace Goodwin est journaliste à USA Today, mais c'est aussi une auteure de science-fiction et de romance paranormale reconnue mondialement, avec plus d'un MILLION de livres vendus. Les livres de Grace sont disponibles dans le monde entier dans de nombreuses langues en ebook, en livre relié ou encore sur les applications de lecture. Ce sont deux meilleures amies, l'une qui utilise la partie gauche de son cerveau et l'autre qui utilise la partie droite, qui constituent le duo d'écriture récompensé qu'est Grace Goodwin. Toutes les deux mamans, elles adorent faire des escape games, lire énormément, et défendre vaillamment leurs boissons chaudes préférées. (Apparemment, elles se disputent tous les jours pour savoir ce qui est le meilleur : le thé ou le café?) Grace adore recevoir des commentaires de ses lecteurs.

CPSIA information can be obtained
at www.ICGtesting.com
Printed in the USA
LVHW022329090222
710594LV00014B/2105